あおとさくら
Ao&Sakura
2
伊尾微
Kasuka Io
Illust. 椎名くろ

「……どう？　似合ってる？」

そう言って日高さんは両手を広げてポーズを決める。

「ああ、似合ってると思う」

ここでさらっと可愛いと言えるほど、
僕はスマートな人間ではない。

「修学旅行とは別に、どこか遠くへ旅行にでも行ってみたいね」
「行けばいいじゃないか？」
「その時は藤枝君も行くんだよ？」
「えっ」

日高さんが弓を引くと、
繊細で儚げな音色がピアノの旋律に重なった。

二人とも本当に幸せそうだった。

CONTENTS

あおとさくら2

伊尾 微

GA文庫

カバー・口絵・本文イラスト
椎名くろ

1 そして季節は巡り始める

Ao & Sakura Section 1

残暑も鳴りを潜(ひそ)めつつある九月の下旬、僕は図書館にいた。

平日休日問わず、図書館に行くのが僕にとっての日常だ。もう二年近く、この生活は続いている。

日高(ひだか)さんと出会ってから、ただ読書に耽(ふけ)るだけの毎日は少しずつ変わっていった。

何気ない話をしたり、たまに出かけたり、モノクロの日々に色が落とされるように、僕の時間は彩(いろど)られていった。

それでも、本に囲まれたこの空間が、今でも僕たちの居場所であることに変わりはない。

最近ではそこへ小説の執筆も加わり、僕の日常も随分と充実した気がしている。

「藤枝(ふじえだ)君、どう?」

僕と向かい合って席に座っている少女が、小さく首を傾(かし)げて言った。

大きな目が僕の顔を不安そうに見つめる。

「どうって、わかるだろ。日高さん」

僕はそう言って数枚の紙の束(たば)を渡す。

日高さんはそれを受け取ると、冷や汗を浮かべながら恐る恐る視線を落とした。

彼女は何も言わず、その紙の束をゆっくりと捲っていく。少しずつ表情を曇らせていく日高さんを前にして、僕の心は異様なほど凪いでいた。

「これは、思ったよりも……。というか、深刻どころじゃないよ」

「そんなことは僕が一番わかってる」

自分のことなのだから、当たり前だ。こうなってしまったのも自業自得だと思っているし、然るべき結果であるとも思う。だって、僕が勝手に諦めていただけだから。

「だから、僕が前に進むにはこうするしかないんだ」

「こう、って……?」

ごくり、と日高さんが生唾を飲み込んだ。

僕は静かに、確かな覚悟を持って口を開いた。

「日高さん、僕に勉強を教えてくれないか？」


翌日の放課後、僕たちは日高さんの高校の近くにあるファミレスに来ていた。

勉強会といえばドリンクバーでしょ、という日高さんの鶴の一声によって、今日は図書館ではなくファミレスが選ばれた。

「まさか藤枝君に勉強を教えて欲しいと言われる日が来るなんて。私、ちょっと驚いちゃった」

「見ただろ、あのテスト。酷いもんだよ、我ながら」

「見事に赤点まみれだったもんね……。勉強苦手だとは言ってたけど、これほどなんて。失礼かもしれないけど、あんな数字の並びは見たことがないよ」

「僕にとっては見慣れた光景なんだけどな」

　酷い点を取った僕よりも、日高さんの方が苦い顔をしている。

「見慣れるべきじゃないよね、絶対。……でも、どうして急に勉強意欲を持ち出したの？」

　日高さんはそう訊きながら、鞄から勉強道具を取り出していく。僕は手元のリンゴジュースを一口飲んで答えた。

「現状、漠然と小説の役に立ちそうな学部のある大学に進学しようと思ってるんだけど、学力が高いほど選択肢は増えるだろ。僕は部活もしてないし、やれるならやってみるべきかと思って」

　僕が答えると、日高さんは目を見開いてわざとらしく驚いてみせる。

「藤枝君にそんな賢明な判断ができるなんて」

「僕のことを何だと思ってるんだよ」

　まあ、今までは時間があったのにもかかわらず、色々なことを諦めて死んだように生きていたのだから、そう言われても仕方ないところはあるけれど。

「冗談だよ。私も勉強するのいいと思う。選べないよりは選べる方がいいよ、きっと」

そうだよな、と僕は頷く。

レベルを選ばないのであれば、大学に進学すること自体は容易い。けれど、入っても得られるものがないのであれば進学した意味がないとも思う。

僕は笑えなくなって諦観していた間に、貴重な時間を浪費してしまっている。それもあって、何かしないと、という焦燥感に駆られているのが本音だった。

「現国だけはましなんだけど、それ以外は基本的に基礎段階から怪しいんだ。文系科目の方が比較的得意とはいえ、全然勉強してなかったから」

「そうだよね。現国が得意なのは、やっぱり読書と執筆のおかげなのかな？」

「どうなんだろう。多少はそれもあるんだろうけど、あんまり気にしたことないな」

「とはいえ、それ以外がぼろぼろだったから、道のりは随分長そうだけどね。今回はテスト勉強しなかったの？」

日高さんの質問に、僕は一瞬動きを止める。頭の中で、あの時の光景がフラッシュバックしていた。

「昨日見せたのは夏休みの課題テストだからな。僕が夏休みに何やってたか知ってるだろ」

「ああ、なるほど……」

日高さんは納得した後、少しだけ目を逸らした。多分、これは恥ずかしがっているのだ。そうわかるのは、僕も同じ気分だから。

今年の夏休みは、僕の人生において忘れられない時間になった。何ものにも代えられない、大切な記憶だ。

だけど……だけど、あれから少しだけ時間の経（た）った今、思い返せば思い返すほどに恥ずかしさを感じるようになっていた。恐らく、あの時の僕は人生最大に格好つけていた。当時はそんなこと微塵（みじん）も思っていなかったし、そんなつもりは一切（いっさい）なかった。

冷静になって振り返った今だからわかる。

叫びだしたくなるほど、思春期丸出しの言動を間違いなくしていたんだ、と。

似たようなことを日高さんも思っているのだろう。夏休みを思い返すとその時の光景が頭をよぎって、こうして妙な沈黙が訪れるのだ。

「あー、だから日高さんの時間がある時で良いから、勉強を教えて欲しいんだ。厄介な頼みで悪い」

僕が話を戻しつつ頭を下げると、日高さんは気にしないで、と手をひらひらと振ってみせる。

「いいよ、私でよければいくらでも力になる。藤枝君には何かとお世話になったからね」

「いや、お世話した記憶ないんだけど」

日高さんがみずきにヴァイオリンのことを打ち明けた時だって、僕にできたのはただ日高さんのことを見守ることだけだった。あの時は日高さんが自分で、自分の力でどうにかしただけに過ぎない。

何なら僕の方が彼女に助けられている気がする。

謙遜でも何でもなく僕が本当のことを言うと、日高さんは穏やかな笑みを浮かべて囁くように言葉を返した。

「ううん、私は君に助けられたんだよ」

「……そうか」

気恥ずかしくて、僕はテーブルの上に開かれた数学の問題集に視線を落とす。気を紛らわそうと適当な問題を解こうとしたけど、まったくわからない。動揺しているせいだ。いや、絶対違うな……。

「そういえば、日高さんって学年順位どれくらいなんだ？」

「ええ、どれくらいだろう。十五番くらい？」

「高っ」

反射的に声が漏れる。

日高さんの通っている高校は、恐らくこの町で一番偏差値が高い。有名大学に進学する生徒も少なくないという話も聞いたことがある。その中で十五番目となると、相当頭が良いということになるんじゃないだろうか。

「すごいな、日高さん。思っていたより頭いいんだな」

「なんかそれ、微妙に失礼じゃない？」

思っていた以上に心強い。これなら僕もそれなりに遅れを取り戻せるんじゃないだろうか。いや、他人任せは良くない。あくまで自分が努力することなのだ。

「ちなみに、みずきは？」

「みずきは、ええと……下から数えた方が早いかも」

「ああ、そうなんだ」

自分と同じような立場にいる人間がいると思うと、少しだけ焦（あせ）りが収まる。

確かにみずきは、不器用そうなイメージが僕の中にあった。とはいえ学校のレベルが違うんだから、同じ底辺でも僕とみずきの間にはそれなりに差は存在しているんだろうけど。

「勉強に小説。やることいっぱいだね、藤枝君」

「ああ……まあな」

そう、やることも、乗り越えないといけない壁もたくさんあるのだ。

日高さんの言葉に頷いたものの、小説の方はこのところあまり上手（うま）くいっていなかった。一作目を書き終えた後、すぐに二作目に取りかかった、そこまでは良かった。たった一作書いただけなのに、僕の頭は上手く小説を出力できなくなっていた。

書いては消し、の繰り返し。それをスランプと呼ぶのは単なる甘えなのかもしれない。けれど、確かに自分の足が沼にずぶずぶと沈んでいくのを感じていた。

「また新しい作品ができたら見せてね」

「できたらな」

平静を装って返事をするも、期待に沿えるだろうかという不安が僕の中で渦巻く。

折角読んでくれる人がいるのだから、日高さんに面白いと思わせられるものを書きたい。

けれど二作目に出てくる町も、人も、どこかふわっと地に足がついていない気がしていた。

一作目の時はそんなことなかったんだけどな。もしかしたら一作目の舞台にした、僕がいつも想像する海沿いの坂の町の物語にしたら上手くいくのかも。

そう思うけれど、それは逃げなんじゃないかという気持ちも少なからずあった。

いつまでも同じものに頼り過ぎていてはいけない。

とはいえ悩んでいても仕方ないから、一旦気分を切り替えようと深呼吸する。

そんな僕の様子を、日高さんは少し不思議そうに見ていた。

「あっ、そういえば」と日高さんは唐突に何かを思い出して声を上げる。

「藤枝君のところも文化祭あるよね、そろそろ？」

「え？　いや、うちの文化祭はもう終わったけど」

「え！」

大きな声を出して驚く彼女に、館内の視線が集まる。視線を集めた彼女は小さく縮こまるようにして、何故か小声で囁くように続けた。

「どうして教えてくれないの。私、行こうと思ってたのに！」

「どうしてって言われても。文化祭なら日高さんの学校でもするだろ」

「文化祭って学校ごとで雰囲気も変わるものでしょ。二度でも三度でも楽しめるんだよ」

「そんなこと言われても、終わったんだから仕方ないだろ」

ええー、と日高さんはあからさまに肩を落とした。それから拗ねた顔で僕のことを恨めしそうに見る。僕がタイムリープの能力者だったなら、過去に戻って日高さんに文化祭の日を伝えることもできるけど、当然僕にそんな能力はない。

「残念だなあ……。それで、どうだった？」

「何が？」

「文化祭だよ！　藤枝君は楽しめたの？」

「いや、どうだろう。前に比べれば文化祭に否定的な感情は持たなかったけど」

「どういう感想なの……。文化祭だよ、お祭りなんだよ。もっと他に感想あるでしょ？」

「感想って言ってもな。いや、僕なりに関われたらなと思いはしたんだけど、文化祭は基本的に夏休みが準備期間のメインになるだろ？　今更僕が手伝うって言い出してもな。誰かと一緒に文化祭を回るわけでもなかったし、一人で雰囲気を楽しんだだけだよ」

「だから、言ってくれたら私が一緒に回ったのに。そうじゃなくても、高瀬君とかいたでしょ？　友達だったら誘ってみればいいのに」

「友達じゃない」

僕は即答する。確かにあいつは多少良い奴（やつ）なのかもしれないけど、決してそんな仲ではないのだ。それに、高瀬は高瀬で一緒に回る友人たちがいるだろう。

「文化祭の日、ずっと一人で回ってたってこと？」

「……ふらっと様子だけ見て回って、あとは空き教室で本読んだり小説書いたり」

「典型的なサボりだね」

「好きでサボってるんじゃないんだ。特にこういう行事は仲の良いグループの内輪ノリになりやすいし、当然僕はその輪の中にいない。それに僕が変わろうとしても、周りからの評価や印象が簡単に覆（くつがえ）るわけじゃない。難しいところだよな」

僕はそう言ってため息をつく。日高さんは少し苦い顔をしてうんうんと頷いていた。

「それはちょっとわかる気がするよ。私も今までの学校でのキャラをちょっと気にしちゃうし。だけど私は、これまでの時間を取り戻すつもりだよ。ずっと静かにしてるのって、疲れちゃうからね」

取り戻す、と宣言したように彼女は少しずつだけど交友の輪を広げているみたいだった。クラスでも数人話す人ができたと言っていたし、人間関係に関してはどうやら順調のようだ。

日高さんの現状を考えると、僕はもう少しだけ人間関係に積極的になってもいいのかもしれない。今までで沁みついてきた感覚や考え方はすぐには変わらないのかもしれないけれど、それでもやらなければ何も始まらないのだ。

「僕も日高さんを見習わないとな」

「そうだよ、私のことは師と仰ぐといいよ」

「日高さんもこれからだろ。心持ちと姿勢だけ見習うことにするよ」

話が一段落ついたところで、お互いにコップの中が空になっていることに気がつく。二人してドリンクバーへ向かい、次のドリンクを注ぐ。

ジンジャーエールを注ぎながら、僕はファミレスに来た本来の目的を思い出した。ドリンクを飲みながら雑談に華を咲かせに来たのではない。僕たちがここにいるのは、勉強会という名目があるからだった。

「さて、やりますか」

テーブルへ戻り、席に着くと改めて気合を入れ直す。

勉強にせよ何にせよ、切り替えが大事なのだ。僕は日高さんが話を脱線させる前に問題を解き始めることで、それを封じる。

日高さん曰く、数学は反復して問題を解くことが重要とのことだ。

だから僕は、わからないところや行き詰まったところを日高さんに解説してもらいつつ、ひたすら問題を解いた。基礎から応用まで、問題の解き方を感覚的に沁み込ませる。

今日一日でできるようになる必要はない。要するにこれは受験本番をゴールに据えた長期戦だ。堅実かつ着実に歩みを進める意識を持って勉強に励む。それが一番の近道らしい。

日高さんの言っていることは概ね正しいのだろう。

実際その逆を行っていた僕がこうしてお粗末な結果になっているのだから、彼女の言うことには説得力があった。

「藤枝君は別に地頭が悪いわけじゃないと思うから、着実にやっていけば大丈夫だよ」

「そうだといいんだけどな」

「大丈夫。努力は実るから、多分」

最後の一言が余計過ぎてむしろ不安になってくる。ここで言う多分はいいんじゃない、知らんけど、と大体同じニュアンスだろう。

「まあできるだけ頑張りますよ、センセイ」

半ば皮肉を込めて僕がそう言うと、日高さんは嬉しそうに笑った。

「藤枝君が自分の生徒だとしたら、ちょっと大変そうだね」

「悪かったな、素行不良で」

「……あっ、藤枝君ここはね――」

日高さんは話の間も僕が解いている問題のことを気にしていたのだろう、誤りを見つけてそれを指摘してくれた。これだけ面倒見が良いとなると、何かしらの対価を払うべきではないかと思えてくる。しかもただ面倒見が良いだけではなく、彼女は彼女で自分の課題をこなしているのだ。なんというマルチタスク。

「日高さん、案外本当に教師とか向いているのかもな」

「え、ほんと？」

「うん。面倒見も良いし、教えるのも上手いし」

「ふふ、ありがと。でも今のところ教師になりたいとは考えてないかな。音楽も、これから頑張っていかないとだから」

あ、失言だったか。言ってから気がついた。

「ごめん」

「大丈夫、藤枝君がそういうつもりで言ったんじゃないのわかってるよ」

日高さんはにこっと笑ってみせる。

本当、優しいし明るい人だ。僕からすれば眩（まぶ）し過ぎるくらいに、彼女は存在するだけでその空間を彩る。そんな日高さんを見ていると、頑張ろうという気持ちにもなるし、どうしようもないくらい日常の幸せを感じてしまう。

平和だな、とついぼーっとしていると、ジトっとした目で日高さんがこちらを見ているのに気がついた。切り替えが大事だとか抜かしておきながらこのざまだ。

我ながら、先が思いやられる。

明華(めいか)高校文化祭、と書かれた立て看板にはいくつもの花があしらわれている。

多分、校章のモチーフになっているものと同じなのだろうけど、それが何の花なのかまではわからなかった。

明華高校は、日高さんの通っている学校だ。

日高さんを探していた時に一度来たことがあるとはいえ、この地域で一番の進学校であるということ以外、僕はこの学校についてはよく知らなかった。

「日高さんの学校の文化祭がまだ終わってないのなら、僕が行けばいいいんじゃないか？」

勉強会の帰り際、僕は何気なく口にした。

うちの文化祭に来ることができなかったことを彼女は残念そうにしていたし、休日だからといって僕に予定があるわけでもない。

それに、僕も日高さんが学校でどんな感じなのかを一度見てみたいとは思っていた。

僕の思いつきに、彼女は二つ返事でとびついてきた。

そういった理由で、今僕は待ち合わせ場所である校門前で突っ立っているのだ。

ちらと校内に目を向ければ、大勢の人たちで賑わっている。学生だけでなく、保護者や地域の人たちの姿も多く見受けられた。僕が訪れた時は夏休みということもあって校内は少し閑散としていたけれど、今はその印象が覆るほどに活気に溢れている。

当然僕が立っている校門前にも多くの人たちが行き交うので、少しだけ居心地が悪い。一人だからというのもあるのだろうけれど、やはり他校の敷地に足を踏み入れるというのはどことなく緊張するのだ。

日高さん、早く来ないかなあ。と、スマートフォンをいじり、そわそわしながら待っていたが、予定時間を過ぎてもその姿は見えなかった。

そのまましばし待ち、ＳＮＳの画面を無意味にスクロールさせ続けていると、日高さんからのメッセージが画面にポップアップする。

〈ごめん！　急に当番の代役を頼まれちゃって少し遅れそう。待っていても暇だと思うし、先に一人で回ってて！　終わり次第また連絡します〉

まあ、なんとなくそうだと思っていた。

僕は小さく息を吐いて、校門の中を見る。日高さんは日高さんなりに、クラスで上手くやれているのだろうか。そんな疑問も、単なる僕の杞憂なのかもしれないけれど。

日高さんが言っているように、ずっと看板の前に立っていてもなんだ。あんまり長居していると係りの人に間違えられてしまうかもしれないし。

僕はふらっとその場から離れて、校門をくぐる。外からでもその賑わいは感じられたけど、いざ中に入ると熱気がすごい。賑わう人たちの中に入っていくと、嫌でも一人であることを感じてしまう。

受付を済ませた後、僕はとりあえず日高さんを待ちながら軽く見て回ることにした。

パンフレットを見れば、グラウンドが屋台、校内が出し物や展示と大きく分かれているようだった。ぱっと見、屋台もそれなりの数が並んでいるようだし、うちの学校の文化祭と比べても活気に溢れたような印象を受ける。

人の流れる方向を辿（たど）ると、グラウンドに出る。鼻腔をくすぐる良い香りが漂ってきて、自然に食欲が湧（わ）いてきた。

こういうの、日高さんと花火大会に行った振りだな。

少し前の話なのに、随分と遠くに感じる。それだけ過ごしてきた時間の密度が高いということなのだろう。

それにしても、祭りの屋台に並ぶ食べ物は毎度毎度どうして魅力的に見えるのだろうか。現実的な話をすれば、素材もそれほど良いものではないはず。それでもやけに美味（おい）しそうに思えるのは、祭りの持つ特有の雰囲気がそうさせているのかもしれない。

何か食べようか、と思うけれど我慢することにした。

多分、一人で食べるよりも誰かと食べる方が美味しいだろうし。

なんてことも、以前の僕だと思いもしなかったことなんだよな。こうして一つ一つ自分の変化に気がつく度、それが日高さんによってもたらされたものだと実感する。

僕は食欲に蓋をしつつ、屋台を横目に流していく。そして一旦グラウンドを後にし、僕は校舎へと向かうことにした。下駄箱に着くと持参したスリッパに履き替え、廊下を進む。

大体、一か月振りといったところか。あの時は日高さんに繋がる手がかりがないものか、とひたすらそれしか考えていなかったので、校内の構造なんて僕の頭にはもう残っていなかった。

適当に歩きつつ文化祭の様子を眺めていると、人混みの中を歩く見覚えのある人物と目が合った。

視線が合うとその人は、きっと睨みつけるようにその目を細める。いや、睨んでいるんじゃないのかもしれない。彼女は普段からこんな目つきをしているから。

「何してるんだ、みずき」

「……は？」

「ああ……茶屋さん」

また間違えてしまった。日高さんとの間で話題に挙がる時は彼女に倣ってみずきと呼んでいるから、そのせいだ。以前も馴れ馴れしいと釘を刺されてしまったけれど、慣れてしまったものは中々変えられない。

「……何してるって、うちの文化祭なんだから私がいるのは当然でしょ。あんたこそ一人で何してるの、咲良は？」

「日高さんは急遽、ヘルプで当番に入ってる」

「ふうん、だから一人寂しく回ってるんだね」

棘のある口調でみずきは言う。出会った時からこんな感じだ。まあ別に悪意があるわけじゃないのはわかるから、何とも思わないんだけど。

「他に回る相手なんていないからな。自分の学校の文化祭でさえ一人でふらふらしてたんだから。寂しくはあるけど、慣れてる」

笑えなくなってからずっとそうだったのだ。そりゃあ友人と回れたらそっちの方が良いのだろう。だけど、逆にいえば僕は一人でもそれなりに楽しめるのだ。前向きに捉えれば、どっちに転がってもいいということでもある。

「そう。別にあんたが一人でいようがどうでもいいけど」

「茶屋さんから聞いてきたんだろ。それで、君も一人みたいだけど」

「だからなに?」

「いや、茶屋さんは日高さん以外にも友達いるだろ?　回る相手がいるのに、どうして一人なんだ?」

「あんたと違って友達はいるに決まってるでしょ。……今クラスの出し物に出ているから」

「僕と一緒じゃないか」

それでよく人のことを寂しいだなんだと言えたものだ。僕が呆れた目を向けると、みずきは再び鋭い視線を向けてくる。初めはこの目つきに気圧されていたけれど、今となっては何てことはない。

「お互い待っている人が来るまで時間潰さないか？」

僕としてもこの学校を知っている人といる方が気は楽だ。みずきにとってもそれほど悪い提案じゃない気はするけど。

「あんたと？　……いいけど」

みずきは不服そうに了承する。軽く話しながらその辺をぶらついていれば少しは時間の経過も早く感じるだろう。まったく知らない仲というわけでもないし、共通の話題くらいは見つかるはずだ。

何も言わないまま踵を返してみずきは歩き出す。ついて来い、ということだろう。僕はやや後ろ気味にみずきの隣に並んで歩く。

「あれから日高さんとどうなんだ？」

「どうも何も、今まで通りだよ」

「そうか」

今まで通り、というのが彼女たちにとってどれくらい重みのある言葉だろうか。

すれ違いがあったとはいえ、二人の仲はほぼ絶縁状態まで陥っていた。それを考えると、今の関係性がどれだけ大切で尊いものなのかは言わなくてもわかる。

日高さんがかつての親友と再び繋がりを持てたことを、僕は本当に喜ばしく思っていた。日高さんとみずきが互いを許し合っていなかったら、今こうして僕がみずきといることもありえなかったのだ。人同士の繋がりというのは、僕が思っているよりもたくさんの可能性を秘めているのかもしれない。

「あれ？　ストーカー君？」

誰かに呼びかける声が聞こえてくる。ストーカー君なんて不名誉極まりない呼び方をされるなんて、かわいそうな人もいたものだ。

なんて考えていると、人ごみの隙間(すきま)から誰かが僕の袖(そで)を引っ張った。小さくて見えなかったけれど、僕の袖を引っ張っていたのはまたしても見知った顔だった。

小さな身体に、長いまつげ、眠たそうな目。僕が日高さんを探しにここへやって来た時、僕の知らない日高さんのことを初めに教えてくれた子だ。その時は確か、身体に見合わぬ大きな楽器を抱えていたのを覚えている。

「ええ、と……こいとちゃんだっけ？」

「そうだよ、あの時振りだね」

ふふふと笑ってこいとちゃんは言った。こんなところで会うなんて奇遇だなと思ったけど、みずき同様彼女はここの生徒なんだからいて当然だ。

「ああ、その節はどうも……。いや、なんて呼び方をするんだよ」

「だって私、あなたの名前知らないから」

あれ、そうだったっけ。まあ、あの時は焦っていたから、何を言って何を言っていないのかは実際のところあまり記憶になかった。だから名乗っていない可能性も普通にある。

「……ストーカーって」

ぼそりと横で呟く声が聞こえて、僕はそちらを向く。するとみずきは心から軽蔑(けいべつ)したような目で僕のことを一瞥(いちべつ)し、距離をとる。

「おい、待てよ。何を誤解しているのか知らないけど、僕はストーカーなんてした覚えないぞ」

「咲良を探しに来たのだってちょっとストーカーじみてるとは思ったけど、他の女子にもしてたなんて……」

「いや、だからそれが誤解なんだって。僕はこの子にストーキングした覚えはないし、ストーキング自体生まれてこのかたした覚えはない」

日高さんを探す時のあれだって、多少は行き過ぎていたかもしれないけどストーカーまではいってないだろ。言い過ぎだ、誇張表現だ。

「君、日高さん以外にもストーキング行為してたの？」

「断じてしてない。そもそも日高さんを探していたのもストーキングしてたわけじゃないんだよ。話がこじれて仕方がないから、これ以上はやめてくれ」

誤解に誤解が重なって僕にとんでもないイメージが植え付けられようとしている。こんな人通りの多いところであることないこと言うのはやめて欲しい。

「こいとちゃん、どうしたのいきなり走り出して」

艶のある長い黒髪をゆらゆらと揺らしながら、眼鏡をかけた女子が人波を縫ってやって来る。

「あいちゃん見て、ストーカー君だよ」

「ストーカー、って。ええと……藤枝さんでしたっけ？」

「……やっとまともな人が来てくれたな」

僕は少しだけ安堵する。すごく助かるタイミングで来てくれた。

「あいちゃん、ストーカー君の名前知ってるの？」

「え？　だって、初めて話した時に言ってたと思うよ。……こいとちゃん、知らなかったの？」

「そうだったっけ？」

こいとちゃんはすっとぼけた顔をして言う。ふわふわと天然な雰囲気をしておきながら、全ての元凶はこの子だった。

「あんた、うちの生徒に知り合いいたんだ」

みずきは怪訝な顔を僕に向ける。

「ああ、夏休みにここに来た時に話を聞いただけだけど。茶屋さんと二人は知り合いなのか？」

「ううん、話したことないよ」

こいとちゃんが答えるとあいちゃんとみずきはそれに頷く。同学年でも、機会がなければ話

したことのない人なんていくらでもいる。顔を見たことくらいはあるんだろうけど。じゃあ、この場で全員と顔見知りなのは僕だけということか。だとしたら、ものすごく混沌とした場じゃないか。

「三組の茶屋さんですよね。去年美術の授業で同じだったの覚えていますか？」

「……空、描いてた人？」

「あっ、そうです」

みずきとあいちゃんは話したことはないものの、面識自体はあったらしい。どこか波長が合う部分があったのか、二人で静かに話し始める。僕は黙ってその様子を見ていた。

話が弾むのは良いことだと思うけど、通路で話し込んでいても邪魔になるかもしれない。どこか開けた場所に移動すべきだろうか。

「藤枝君は茶屋さんに会いに来たの？」

こいとちゃんは僕に訊く。小柄な彼女は自然僕の顔を下から覗き込む形になり、少しだけ目を合わせるのが気恥ずかしかった。視線を外して辺りを見回しつつ、僕は答える。

「いや、日高さんを待っていたら偶然茶屋さんと会っただけなんだ」

「ふうん、また日高さんを探してるんだね。だったら、日高さんのクラスまで見に行けばいいんじゃない？」

「ああ、確かに」

それもそうか。当番が入って待ち合わせに来れないなら、僕の方から会いに行けばいいのか。カフェをしていると言っていた気がするし、そこで少し待つのも良いかもしれない。

「じゃあ、行こっか」

こいとちゃんはそう言うと、あいちゃんに一言告げて歩き出す。僕が立ち止まったままそれを見ていると、こいとちゃんは振り向いて不思議そうな顔をこちらに向けた。

「何してるの？　行こうよ」

「えっ、ああ、僕か」

四人で行くものだと思っていたけど、僕とこいとちゃんで行くらしい。

まあ、二人は仲良く話しているし、みずきには待っている友人もいるのだから、四人で行く必要は確かにないか。

お化け屋敷だったり劇をしていたりする教室の前を抜ける。どの部屋からも賑やかな声と雰囲気が漏れ出している。教室の扉からはみ出すようにして列がなされており、待ちながらも客たちは楽しそうに談笑していた。

小柄なこいとちゃんは人の並びで少し狭まった廊下をするすると抜けていき、階段を上った先で開放式の渡り廊下へと出た。

人でいっぱいの校舎内から出ると、外の空気が新鮮に感じる。空を見れば少しずつ秋の訪れを感じさせる表情をしていて、今日が晴れの日で良かったな、と思った。

「あれからちゃんと、日高さんに会えたみたいだね」

「ああ、おかげさまで。あの時は助かったよ」

どういたしまして、とこいとちゃんはにこっと笑う。

「彼女の高校の文化祭に来るなんて、青春だね」

僕は驚いて言葉を失う。単に否定すればいいのだろうけど、一瞬どう答えればいいのかわからなくなってしまった。

「……いや、僕たち付き合ってないけど」

「ふうん、そうなんだ」

こいとちゃんの返事にはなんとも言えない含みがあった。出会った時からだけど、いまいち何を考えているのか摑めない子だ。

渡り廊下を抜けて隣の校舎へ移る。移ってすぐの教室の前でこいとちゃんは立ち止まった。

「ここだよ」

その教室をこいとちゃんは指差す。ここが日高さんの教室らしい。

僕とこいとちゃんは扉越しに顔を覗かせて中の様子を見てみる。なんとなく日高さんに見つからないようにそうしただけで、別に意味はなかった。

教室内の様子を見るに、カフェはカフェでも、いわゆるコンセプトカフェみたいだ。店員をしている人たちはそれぞれの制服に身を包んでいる。男子は女装を、女子は男装を、つまるところ男装女装カフェだ。

文化祭らしいことしているんだな。と、僕は感心する。

「あっ、いた」

小声で報告しつつ、こいとちゃんは指を差す。その指先が示す方へ視線を向けると、確かにそこには日高さんがいた。

いつもとは違って、髪を後ろで団子状に括っている。

「……括ってるのか、珍しいな」

「そうなんだね。どう？」

「どうって言われても……。まあ、似合ってると思うけど」

すました顔でそう答えるが、僕は胸の辺りに手の届かないむず痒（がゆ）さを感じていた。似合っているし、正直可愛（かわい）いと思う。

僕たちが入り口付近でそんな風に話していると、一人の男装した女子生徒と目が合った。目が合うなりその女子は僕たちの元へやって来て、大きな声を出す。

「二名様ご来店でーす！」

居酒屋並みにはきはきした声で僕たちの入店を報告される。視線が集まるから少し恥ずかしい。

勢いに流されるまま、僕たちは席へと案内される。こいとちゃんをちらと見れば、どこか楽し気な表情をしていた。

席に着くとメニューを渡される。軽く目を通してみたけど、妙に癖の強いネーミングをしているメニューが並んでいた。そういうのも文化祭ならでは、という感じがする。

「変な名前だね」

「そんなはっきり言うなよ」

変なメニューだろうが、ここまで来てしまったんだから何かしら注文しなくては。いや、その前に僕がここに来たのは――

「あれ？　藤枝君？」

僕たちの席の前で、空いたトレイを小脇に抱えた日高さんが立ち止まった。驚いた顔で僕のことを見て、それからこいとちゃんの方に目を向ける。

「ええと……」

「楠水こいとです。初めまして、日高さん」

「は、はじめまして……楠水さん？」

「こいとでいいよ」

見るからに日高さんは困惑している。

「藤枝君とは……どういう？」

「うーん、どういう？」

と、とぼけた顔でこいとちゃんは僕を見る。

わかっててやってないか、この子。

「夏休みにここに来た時、日高さんを探すのを手伝ってくれたんだよ。その時に少し話して、さっき偶然会ったたんだ。初めはみずきといたんだけどな」

「そうなんだ。え、どうして来たの？」

「いや、様子見だけど。日高さん上手くやれてるんだろうかって」

「そっか。何だかちょっと恥ずかしいけどね。……どう？　似合ってる？」

そう言って日高さんは両手を広げてポーズを決める。白シャツにベストとネクタイを合わせて黒いスラックスというういかにもな男装だった。

「ああ、似合ってると思う」

ここでさらっと可愛いと言えるほど、僕はスマートな人間ではない。

「私もそう思う。さっき外から日高さんのことを見てたけど、藤枝君も気に入ってたみたいだよ。特に髪を括っているのがね」

「へ、へえ」

唐突なこいとちゃんの言葉に、日高さんも返す言葉が見つからない様子だった。

「いや、そんなこと言ってないんだけど……」

「え？　や、やっぱりちょっと変かな？」

「いやいや、言ってはいないだけで。……まあ、たまにはそういう髪型も良いんじゃないかとは思ってる」

弁明の言葉に迷いつつ、僕は鋭い目でこいとちゃんのことを見る。こいとちゃんは悪びれる様子もなく、どこかにやついた顔で僕のことを見返した。

何が目的なんだ、この子は。

「……ありがと」

と、日高さんは小さく呟く。

それから気を取り直すかのように胸の前で手を一度ぱんっと叩いてみせた。

「ほらっ、折角来たんだから。何か頼んでいってよ」

「ん、ああ、そうだな。ええと……どうしようかな」

「じゃあ、オススメ貰ってもいいかな」

「じゃあ、僕もそれで」

僕たちが頼むと日高さんは任せなさい、と言って裏に引っ込んで行った。恐らく、パーテーションの向こう側が調理場なのだろう。

改めて教室、もとい店内を眺めてみると、そこそこ席が埋まっているようだった。各席には時間制限が設けられており、回転率も良い。なるべくたくさんのお客さんに楽しんでもらうための工夫だろう。

「私ね、日高さんのこと気になってるんだ」

「気になってる？」

ああ、そういえば初めてこいとちゃんと話した時、日高さんのことを物静かでミステリアスな人だと言っていたっけ。この学校で日高さんのことを知る生徒からすれば、僕と話す時の日高さんの方が普段の印象と違って見えるのだろう。そういった意味では、気になるのも仕方がないのかもしれない。

「うん、だって君が好きになった子でしょ？」

「……誰が、いつ、そんなことを言ったんだ」

「違うの？」

こいとちゃんはまじまじと僕の瞳（ひとみ）を覗き込むように見る。眠たそうな目の奥が鈍く光った気がした。

違うの？　と訊かれたら違わないんだけど、僕は答えに迷う。その沈黙に何かを感じ取ったのか、こいとちゃんは楽し気に笑った。

「やっぱり君、面白いね」

「やっぱりってなんだよ」

ぼうっとしているように見えて、案外鋭いところがあるのかもしれない。おっとりと独特のリズムで話す印象とはギャップがあって、ちょっと意外だ。

「お待たせしましたー」

僕たちが話していると日高さんはぱたぱたとやって来て、テーブルにグラスを並べる。ぱっと見、カクテルのように見える。透き通った赤と青に光が反射して、いかにもSNSで映えそうだと思った。

「こっちがこいとちゃんで、これが藤枝君ね。どっちも美味しくて評判いいんだよ」

こいとちゃんにはベリー系の果物が入った赤いソーダ、僕の方には透明感のある青いソーダがやって来る。教室内は賑わっていることもあって少しだけ暑く感じていたので、ソーダというチョイスは丁度よかった。

「ごめんね藤枝君、待たせちゃって」

申し訳なさそうに日高さんは手を合わせる。これだけ賑わっているのだ、人手が必要なのは火を見るよりも明らかだった。

「いや、いいよ。忙しそうだし、日高さん上手くやれているみたいだから」

「まあね」

そう言って日高さんは控えめに胸元(むなもと)でピースをする。やっぱり杞憂だったか。日高さんの穏やかな表情を見て、僕は少し安心した。

「大変だろうけど、頑張れよ」

僕はそう言ってドリンクを一口飲む。かき氷のブルーハワイをおしゃれにしたような味がした。言い表すのが難しいけど、すっきりした後味で美味しい。こいとちゃんは口をつける前にスマホのカメラで写真を撮っていた。

日高さんと文化祭を回る時間が減るのは少し残念だけど、彼女が学校で上手くいっている姿が見られたのだから良かった。

ここを出たら、日高さんが来るまで何をしようか。

こいとちゃんにずっと付き合ってもらうわけにもいかない。まあ僕は一人でも適当に時間を潰せると思うから、一旦ここで解散しておこうか。

ストローを咥（くわ）えたまま考えごとをしていると、同じく男装をした女子生徒が日高さんの肩をちょんちょんと叩いた。

「日高さん、もしかして友達来てるの？」

窺（うかが）うように女子生徒は日高さんに訊く。

「そうそう、見に来てくれたんだよ」

「なら一緒に回って来ても大丈夫だよ！　人も若干落ち着いて来たし、行ってきなよ」

女子生徒は快くそう言った。そして彼女の視線は僕にちらと向けられる。

女子生徒は日高さんの耳元で何かを囁いているが、その声はまったく聞こえない。だけど、何かを告げられてすぐに日高さんが大きく手を振って否定していたから何かしらの勘違いでもしていたのだろう。

「はあ、でもありがとう。じゃあ、お言葉に甘えさせてもらってもいいかな?」

「いいよいいよー」

どうやら話はまとまったらしい。日高さんは「ちょっと待っててね」と言うと、再び仕切りの奥へと下がって行った。

「良かったね」

「ああ、それほど心配はしてなかったけどな」

何かを言おうとしてこいとちゃんはそれを飲み込む。

そうか、彼女は日高さんの事情を知らないから、変に深入りしないように気を使ったのかもしれない。

「まあでも、ちょっと羨ましいな。中々ない関係性だと思うよ、あなたたち」

一体何が羨ましいのか、僕にはいまいちわからなかった。

確かに僕と日高さんの関係はおかしな始まり方をしたし、珍妙な時間と関係性を過ごしてきたけれど、羨ましいと思われるものなんだろうか。

「お待たせっ」

いつもの制服姿に着替えた日高さんが僕たちの元へやって来る。服装だけ着替えて、髪は結んだままだった。それだけでもどこか新鮮に感じる。

「とりあえず、座るか?」

「うん、そうだね」

日高さんは答えるとこいとちゃんの隣に座る。普通に考えてそれが自然だと思うけど、こいとちゃんは意味ありげに僕の目を見てきた。

まだ僕もこいとちゃんもドリンクを飲み終わっていない。日高さんもずっと働いていたようだし少しゆっくりしてから席を立つ方がいいだろう。とはいえ、あんまり長居しても迷惑だと思うので僕は少しだけ飲むペースを上げる。

「さて、これからどうしよっか。藤枝君とこいとちゃんはどこか行きたいところある？」

「僕は別にないけど」

ないというか、何があるのかそもそもわかっていない。知っている人間に任せておいた方が間違いないだろう。ここには二人、この学校の生徒がいるのだから。

「私、あいちゃんのところに戻るよ。日高さんも来たことだし、あっちの二人がどうしてるかも気になるから」

「あっちの二人？」

「みずきとあいちゃんのことだ。二人を残してここに来たから、今頃(いまごろ)どうしてるかなって」

「あいちゃんって笹川(ささかわ)さんだよね、みずきと仲良かったんだ？」

「いや、同じ授業は取っていたけど話したことはなかったんだと」

「え、そんな二人を残して来たの？」

心配そうに日高さんは言う。

まあ、話が弾んでいなかったら相当気まずいだろうな。僕が取り残される側の立場だったら間を持たせる自信はない。

「成り行きだよ。それに、あんまり困らせるとまたあいちゃんに怒られちゃうし」

「僕としても、後からみずきに文句を言われそうだからお願いしたいところではある」

みずきが困っていた場合、その不満はきっと僕に向けられるだろう。

「じゃあ、またね」

こいとちゃんは残ったドリンクを飲み干すと立ち上がり、教室を後にする。席には僕と日高さんが残った。何か視線を感じると思ったら、日高さんのクラスメイトが僕たちのことを見ている。

日高さんが上手くやれているとはいえ、まだクラスメイトは彼女のことをあまり知らないのだろう。そんな人が男子と二人でいれば、興味を持つのも自然か。学生にとってそういう話は好物になりがちだ。

「随分仲良くなったんだね、こいとちゃんと。私、驚いちゃった」

「ああ、ちょっと不思議な子だけど割と話しやすいんだ」

「そうなんだね。良かった、藤枝君もちゃんと私以外の人と仲良くなれて」

ふふ、と日高さんは笑った。いつもの優しい笑みに、少しだけ雲がかかっているような気が

したけれど、単なる気のせいかもしれない。

「いや、僕のことをなんだと思っているんだよ。誰とでもってわけにはいかないだろうけど、僕だってそれなりに人付き合いはできるさ」

控えめな言い方ではあるけれど、これでもまだ今の僕にとっては大口かもしれない。実際日高さんを除けば、話し相手なんて片手で数えられるくらいしかないのだから。その上、そのほとんどが日高さんの親友や、夏休みに日高さんを探しに行った時に知り合った人たちだけなのだ。

「冗談だよ。大丈夫、藤枝君笑えないだけで話してみたら案外面白いし」

「その笑えないっていうのがそれなりに問題なんだけどな」

「ね、またあの時みたいに笑ってみせてよ」

「いや、無理だ。それに、あの時に僕が笑っていたなんて自分には信じられない。日高さんの気のせいなんじゃないか？」

「だって本当に笑ってるように見えたんだもん……一瞬だったけど」

「仮に笑っていたとして、そんな偶然みたいなものを再現しろっていうのは無理な話だ」

「ええー。もう一度見てみたいんだけどな、藤枝君が笑うとこ」

不満そうに言う日高さんを横目に、僕は飲み切ったグラスの氷をストローでからんと転がす。

「そろそろ出ようか」

ちょっと視線も気になり始めてきたし。日高さんはあまり気にしていないのかもしれないけど、多分ここを出た方が彼女のためになると思う。

僕たちは席を立って、教室を後にする。出て行く時に日高さんは先ほどの女子生徒に再度声をかける。任せておけ、と言わんばかりに女子生徒は握り拳を突き出してこちらへ向けてくる。それににこっと笑い返して、日高さんは歩き出した。

「それで、どうする？」

まだ行き先も決めないままに出てきてしまった。

「うーん、じゃあステージでも観に行く？　体育館でやってるんだよ。バンドとか、合唱とか吹奏楽とかダンスとか」

「いいな、そうするか」

こういったカフェやお化け屋敷とかの出し物もそうだけど、ステージも文化祭の花形の一つだ。それに、同世代の人の発表なんてこんなところでくらいしか観る機会はない。特に音楽だと、日高さんにとっても良い刺激になるんじゃないだろうか。

日高さんについて体育館に到着すると、中は薄暗く、ステージにのみスポットが当てられていた。外に漏れている音でわかっていたが、今はバンドの演奏中だった。客席の前方、ステージの下では立った観客たちが音楽に合わせて身体や手を振っている。人の集まりようを見る限り、中々の人気バンドみたいだ。

僕たちは並べられたパイプ椅子（いす）の後ろの方に座り、そのステージを観ることにした。スピーカーから流れる音は重低音を強調し、少し離れた席でも身体の芯（しん）に響いてくる。今流行りのロックバンドの曲で、僕も聞いたことがあった。

歌、上手いな。ボーカルの上手さはわかりやすいけど、多分ギターもベースもドラムも上手い。聴いていて違和感がないというのは、学生レベルだとかなりすごいんじゃないだろうか。

「すごいね」

日高さんは演奏の音で声が聞こえづらいのを考慮して、僕の耳元で喋（しゃべ）った。それが少しくすぐったく、気恥ずかしかったけれど、僕は平静を保って返事をする。

「すごいよな、こんな舞台で堂々とパフォーマンスできるなんて」

僕が答えるとうんうんと日高さんは頷く。

一曲通して、会場は大盛り上がりだった。その場の即興性が求められる場でこれだけのパフォーマンスをしたことに僕は感嘆していた。

観客からはアンコールの声が上がったものの、スケジュールの都合上それは叶（かな）わないようだった。その代わり、後夜祭でも再びライブをするとのことで、それを聞いた観客たちは再び沸く。

ステージ上は暗転し、次のグループに準備を促すアナウンスが流れる。先ほどの余韻に浸った観客たちは各々の感想を言い合い、僕たちもその一部だった。

再びアナウンスが流れるまでそれは続く。次に出てくるのは吹奏楽部のようだった。先ほどのバンドまで同じ系統の演奏が続いていたらしく、丁度いい気分転換だね、という声が近くから聞こえてきた。

ステージには様々な楽器がセットされる。それぞれの違いなんてわからないけれど、これらが合わさって一つの音楽を作るのだと考えるとちょっと面白かった。

紹介のアナウンスが流れた後、指揮者を務める顧問らしき先生がこちらへ向けて一礼する。観客が拍手で返した後、静かな立ち上がりで演奏は始まった。

緩やかな心地よい曲調から始まり、観客が油断したところで一気に転調して力強い音へと変わる。当然のごとく会場は盛り上がって、それは次第に手拍子になっていった。有名なアニメソングだったり、ポップス、聞き覚えのあるＣＭソングなど遊び心のある選曲がメドレーになっており、最後まで飽きることのない演奏だった。

ぱちぱちぱち、と隣で日高さんは感心した表情で拍手をしている。音楽をしている人からしても良い演奏だったのだろう。

「やっぱり表現するっていいね」

それはきっと日高さんの心の奥から出た言葉で、その姿は改めて自分の気持ちを確かめているようにも見えた。どうしようもなく悔しかったり、絶対に諦めがつかないことは誰にだってある。

「……そうだな」

表情だって、言動だって、生き方だって表現と言える。

それがたまたま僕にとっての小説であり、日高さんにとってのヴァイオリンだった。

僕は今までそれから目を逸らしてきた。日高さんはそれを失ってしまった。失うことがどれだけ窮屈で苦しくもどかしいものなのか、僕の想像なんて及ぶはずがなかった。

「私、やっぱり音楽好きだよ。だから、少しでも早くまた弾けるようになりたい」

「力になれるかわからないけど、応援する。僕も日高さんのヴァイオリン聴きたいから。だけど、焦ってあんまり無理するなよ」

日高さんは意外と頑固というか、意志が固くて無理をしようとするところがある。

変に気張って無理やり弾こうとしても、むしろ悪化してしまいそうで心配だ。しつこいかもしれないけれど、こうして釘を刺しておくことも必要だと思っている。

「うん、無理はしないよ……多分」

「無理なんてしなくても、日高さんなら大丈夫だよ。根拠なんてないけど」

「ありがと。結局私がどうするかだもんね」

笑って言う日高さんの目には消えない光が灯っているようにも見えた。

吹奏楽部の演奏が終わったタイミングで、ステージは十五分間の休憩を挟むらしい。気分転換やトイレに席を立つ人もいれば、そのまま座って談笑を続けている人もいる。

「私、ちょっとお腹空（なか）いちゃった」

日高さんはお腹を押さえて言う。さっきまでずっと働いていたのだから、お腹の一つや二つくらい空くだろう。僕も少し小腹が空いてきたところだ。

丁度いいタイミングだということで、僕たちは席を立って体育館を後にした。薄暗いところから日の下へ出たので、目がちかちかして眩しかった。

そして僕たちは模擬店が並ぶグラウンドへと向かう。日高さんの足取りは軽くて、楽しそうに何を食べたいかについて語っていた。僕は日高さんと食べるなら、何だっていいやと思う。

再びグラウンドにやって来た。

夏祭りほど色んな模擬店が並んでいるわけではないものの、日高さんは屋台を前に目を輝かせていた。僕も漂ってくる食べ物の香りに再び食欲が湧いてくる。

「藤枝君も何か食べる？」

「そうしようかな」

僕たちは模擬店の前を回りつつ、それぞれ食べたいものを買い込んだ。グラウンドにはいくつか椅子やらテーブルが設置してあるので、僕たちはそこへ向かう。テーブルは空いているところがなさそうだったので、端の方の空いている椅子に腰かけた。

「やっぱりこういう雰囲気の中で食べるご飯は美味しいね」

唐揚げを頬張（ほおば）りながら日高さんは言う。

「雰囲気に味でもついてるんだろ」

「なにそれ」

僕はたこ焼きを爪楊枝で刺して口へ放り込む。いけると思ったけど想像よりも熱くて、ゆっくりと噛みながら少し冷めるのを待った。

「これからの季節はイベントが盛りだくさんだね」

「そういえばそうだな。学校行事に関しては、ちょっと僕は気が重いけど」

「どうして？　藤枝君だって、前よりも人と打ち解けられるようになったでしょ？」

「前も言ったかもしれないけど、僕が多少変わっても、僕を見る周りの目はそう簡単に変わらないんだよ。唐突に今までの印象をひっくり返そうと思っても、それは悪手だ。おかしな目で見られるのが関の山だと思う」

「まあそうだよね。私も徐々に、って感じだし。このタイミングでいきなりキャラが変わっても遅めの夏休みデビューみたいになるもんね。藤枝君は藤枝君のままで良いよ」

「自分の芯をブレさせるつもりはないからな。あくまで僕は僕だし。だけど、自分なりに前向きにやろうとは思うよ。何もしないのなら、僕は一歩も踏み出せないままだから」

「うん、それがいいよ」

優しい顔で日高さんは笑う。

そうやって日高さんが笑って肯定してくれるだけで、頑張れる気がした。上手くいくかはわからないけど、挑戦する価値はあるだろう。自分のためにも、日高さんの隣にいるためにも、必要なことだと思うから。

今後の学校行事に対して一抹の不安と決意を抱いていると、視界の端に三人の姿が映った。みずき、こいとちゃん、あいちゃんだ。結局合流してから、三人で行動しているらしい。みずきはまだ友達と合流できていないのか。

「おーい！　みずき！」

日高さんは同じく三人の姿に気がついて、声をかけた。その声に三人は反応する。みずきはどこか安堵の表情を浮かべたように見えた。

「咲良、当番終わったんだ」

「うん、みずきも一緒だったんだね」

みずきはちょっと苦い顔を浮かべてこいとちゃんから距離を取って咲良に歩み寄る。

みずきはこいとちゃんとの接し方がまだ摑めていないのだろう。割と感情がストレートに出るタイプのみずきと、案外内側で考えているタイプのこいとちゃんでは、上手く嚙み合うまで少し時間がかかるのかもしれない。

日高さんはあいちゃんの顔を見ると、あの時はありがとうと声をかけていた。

そういえば、日高さんが漫画やら小説やらを借りたのはあいちゃんだったっけ。何だか間接的に色んなところが繋がっていて、世間の狭さを感じる。

「怒られたか？」

「うん、怒られた」

こいとちゃんはなんてことない顔で答える。やっぱり怒られたんだ。

「怒られたけど、茶屋さんとあいちゃんは普通に一緒にいたよ」

「そうか、なら良かった」

あの二人は相性が悪くなさそうで良かった。これなら僕はみずきに怒られなくて済みそうだ。

僕たちが話しているとそこに三人も加わって、一気に賑やかになる。こうして日高さんの周りも、少しずつ賑やかになっていくのだろう。

僕の方はどうなるだろうな、とどこか他人事のように思う。実際その場面に直面しないとわからない。頑張ろうとは思えても、実行できるかどうかはその時の自分にかかっているのだ。

なんて、こうやって保険をかけてしまうのも悪い癖だ。

僕は恐らく、人よりも失うものが少ない。なら、一歩踏み出せば踏む出すほど得をするとも言えるだろう。自分が何のために前に進むのか、それを忘れなければやれるはずだ。

この四人も、これから彼女たちなりの関係を築いていくのだろう。折角繋がった縁なのだから、それぞれが良い相互関係を結べることを僕は願う。

「文化祭が終わったら次は修学旅行だね」
「日高さん、ちょっと気が早くないかな？」

「あい、咲良はいつもこんな感じだから」

ゆったりとした雰囲気で会話をしているのを見て、僕は安堵する。

こいとちゃんは輪の中に入りながらも一人もくもくとクレープを食べていた。

わいわいと楽しそうに会話を弾ませる彼女らを眺めながら、僕は静かにたこ焼きを口へ放り込んだ。何だか文化祭っぽいな。

1.5 みずきとさくら

「咲良（さくら）、お待たせ」

放課後、みずきと私は昇降口で集まった。昨日、駅前に新しくできたカフェに行こうと約束をしていたからだ。

みずきに本当のことを打ち明けてから、私たちはこうして時間を共にすることが増えてきた。それは私にとって物凄く嬉（うれ）しいことだ。藤枝（ふじえだ）君と過ごす時間が減ってしまうことを少しだけ残念に思うけど、多分そんな風に思うのは贅沢過ぎる悩みなんだろう。

「行こっか、みずき」

私が言うと、みずきは小さく微笑んで頷（うなず）いた。

学校を出て、駅前のカフェまでの道のりを歩く。みずきは学校まで徒歩で来ているので、私はみずきの隣を自転車を押しながら並んで歩いた。

十月も半ばになり、随分と涼しくなってきた。私もみずきもすでに長袖（ながそで）に衣替えしていて、もう少しで訪れる冬に向けて少しずつ装いを変えていく準備期間に入っていた。

「最近どう？　ピアノの調子」

「……悪くないかも。この前あったコンクールは二位入賞だったから」

「えっ、すごいね！」

「まあ、小さいコンクールだったからね」

「すごいことには変わりないよ！　……そっか、みずきは着実に音楽の道を進んでいるんだね」

みずきの活躍を聞くと、私の心も踊り出すように嬉しくなる。コンクールで結果を残せるなんて本当にすごいことだし、それはみずきが頑張ってきたことの証明でもある。

「どうだろうね。もしかしたら進学も一般大学かもしれないし、まだ何もわからないよ」

「……みずき、一般大学受けるの？　音大じゃなくて？」

「あくまで可能性の話だけど、一応視野には入れてるかな」

「いや、あのね……。もう一度自分の成績と向き合った方がいいかも、しれない、かも」

「…………」

答えは沈黙。もしかしたらみずきはピアノ以外にやりたいことを見つけて、そのために一般大の受験を視野に入れているのかもしれない。そう考えると、私が言ったことは水を差す行為だったのかも。

「ごめんごめん、みずきも色々考えているんだよね。えっと、大学で学びたいこととか見つけたの？」

「……い」

「ん？」

「ない」

　ああ、やっぱり……。だけど、学びたいことなんて早々見つかるものじゃないよね。今頑張っていることをそのまま仕事にしたいかと訊かれれば答えに迷う人が多いだろうし、それが大変なことだと皆わかっているから。好きなことを仕事にするのって、きっと難しいことなんだろう。

「私、最近藤枝君に勉強を教えて欲しいって頼まれてて。それで放課後勉強会みたいなものをしてるんだけどね、良かったらみずきも来る？」

　私の誘いに、みずきは小さく眉を顰める。文化祭での二人の様子を見る限り、そんなに仲悪くないように見えたんだけどな。

「藤枝蒼なんて放っておいて、私にだけ教えるのは？」

「いや、それはちょっとどうだろう……。初めに頼まれたのは藤枝君の方なんだけど」

　横暴なみずきの提案に私は戸惑う。なまじ真剣な顔で言っているのが怖い。藤枝君の扱いがとても雑に感じるのは私の気のせいなのかな。

「まあ、みずきも気が向いたら来なよ。私も誰かに教えるのが自分の勉強にも繋がるしさ」

　実際、藤枝君に教えるようになってから理解度が深まった気がする。藤枝君のためにもなって、その上自分の実にもなるのだから一石二鳥だ。

私の言葉に特に返事をするでもなく、みずきは黙って考え込む。藤枝君がいることなのか、勉強するのが嫌なのか、みずきの悩むポイントはどちらなのだろう。

何気ない会話をしているうちに、目的だったカフェに到着した。一年近い空白があったとはいえ、やっぱりみずきといるのは落ち着くし時間の経過が早く感じる。

新しくできたカフェは、どこか懐かしさを感じる小洒落（こじゃれ）た雰囲気の構えをしている。淡い緑色をした木製の扉の前には、本日のおすすめと書かれたスタンド看板が設置されていた。

扉を引くと中からコーヒーの良い香りが漂ってきた。インテリアは木製で揃（そろ）えられ、落ち着いた照明が居心地の良さそうな雰囲気を作っていた。案内された席に座ると、私たちはカバンを置いてくつろぐ。

この丸テーブルも可愛（かわい）いし、椅子（いす）も可愛い。インテリアも小物も全部可愛くて、それを眺めているだけで楽しくなる。

「好きだなあ、こういう雰囲気。落ち着くし、可愛いお店だね」

「え、ああ、そうだね」

みずきは伸びをしながら欠伸（あくび）をする。落ち着くお店ではあるけど、眠くなるのがちょっと早過ぎるかも。

「疲れてるの？」

「あいに借りた漫画が面白くて、寝不足なだけだよ」

「ああ、あいちゃんか。文化祭以降随分と話すようになったよね」

「まあね。色んなこと知ってるから話してて飽きないし、面白い漫画たくさん持ってるし」

みずきがもう一度欠伸をしたタイミングで、店員さんがメニューを取りに来た。私が紅茶とリンゴタルト、みずきはソイラテとパンケーキを注文した。どのメニューも美味しそうだから、選ぶのが大変だった。

店員さんが離れると、みずきは話を続ける。

「あいは仲良くなれたけど、こいとがね。悪い子じゃないんだろうけど、ちょっと距離感がわからないというか」

「みずき、あんまりこいとちゃんみたいなタイプと話したことなさそうだもんね。確かに何考えているかわかりづらいところはあるけど、案外気を使える子だと思うよ」

「まあ別に無理に仲良くなろうなんて思ってないから、いいんだけどね」

なんて言って、みずきは多分こいとちゃんのことを気にはしているんだろう。本当に興味がない人のことは話題にすら出さないと思うし。

「ゆっくりでいいんじゃないかな。でも、私はみずきとこいとちゃんは仲良くなれると思うよ」

「どうして?」

「うーん、根拠はないんだけどね」

私は笑って言う。そんな私のことを、みずきは目を細めて見ていた。

「なんか咲良、ちょっと変わった気がする」

「え？」

「初めは久しぶりに話すし、お互い距離感を探っていたからかもって思ってたけど。やっぱり違う。咲良は咲良なんだけど、所々気に障（さわ）る顔が頭によぎるんだよね」

前を向くことで以前の自分に戻れた気はしていても、自分が変わったっていう自覚はなかった。みずきの言っていることがいまいちピンとこない。それに、気に障る顔って誰のことだろう……。

「お待たせしましたー」

私が考えていると、店員さんがやって来た。店員さんはテーブルに注文したものを並べる。一瞬にしてテーブルの上は華やかに飾られ、その上美味しそうな香りが私たちの周りを包んだ。それに加えて、店員のお姉さんもすごく可愛い。可愛いもの尽くしで、自然と顔がほころんでしまう。

「美味しそうー、何か都会っぽいね」

「都会ってあんた……田舎臭いよ」

「だって田舎じゃない」

この町にもこういうおしゃれな隠れ家風カフェがもっとたくさんできたらいいのに。そういう意味では都会に憧れることもあるけど、やっぱり住み慣れた町が落ち着くんだろうな。

「食べよ食べよー」

私はいただきますと手を合わせた後、フォークを手にする。みずきの頼んだパンケーキも美味しそうだな、と思いそちらへ目を向けると、みずきはしっかり写真撮影をしていた。

「……みずきって案外女の子だよね、昔からだけど」

「私は生まれてからずっと女の子だけど」

「いや、そうじゃなくて」

「冗談だよ。咲良こそ、案外そういうところに興味ないよね。ＳＮＳのアカウントも動いてるとこ見たことないし」

「そんなこと……あるかも。でも、投稿してないだけで使ってはいるよ」

みずきは私が答えてもふうんとしか言わず、手元のパンケーキをじっと眺めている。私はその姿を見て静かに微笑んだ。多分、早く食べたいんだと思う。

「食べよっか」

私とみずきは同時に手を合わせてそれぞれが頼んだものを味わう。見た目だけじゃなくて、味も本当に美味しかった。口いっぱいに広がる幸せを文字通り嚙み締める。甘い、は幸福だ。

のんびりと甘いものを堪能し終えた頃には、まるで自分たちの部屋かのようにくつろいでい

た。あまりの居心地の良さに時間を忘れかけていたけど、ふと外の景色を見てみれば、思ったよりも日が暮れていた。

「帰ろっか、みずき」

「そうだね。外、結構暗いみたいだし」

お会計を済ませて外に出ると、涼しい風が私たちの間を吹き抜けた。私は自転車を押しながらみずきに並び、帰路に就く。

「ね、もう夏は完全に終わったんだなーって感じだね」

「言ってる間に冬が来るよ」

「早いよね」

本当に、時間が過ぎるのは早い。もう少しゆっくりでも良いんだけどな、なんて思うけど、時間は都合の良いようには流れてくれない。

私たちも今年の冬を越えれば、もう高校三年生になる。遊んでばかりではいられないだろうし、三年生の間には進路選択を迫られる。

藤枝君はやりたいことを見つけてそれのために進学を考えているし、みずきは具体的なことこそ考えていなかったものの、やりたいこと、できることを明確に持っている。

じゃあ、私は?

勿論、ヴァイオリンはまた弾けるようになりたいし、そのために努力はする。だけど今の私がヴァイオリンを学びたいと言って受け入れてくれる大学なんてあるのだろうか。音大に行くことが全てではないんだろうけど、学びたいことはたくさんある。それでも、私の都合なんてお構いなしに時間は流れる。

ありふれた悩みなんだろうとは思う。何気なくすれ違う人たちも皆、そういう葛藤を超えて今を生きているかもしれない。

私が本当にしたいことは何なんだろう。

もう一度前を向く、と心に決めた。けれど、まだ自分の中で整理が追いついていないのかもしれない。考えれば考えるほど身体に蔦が絡みついて、私の身動きを封じようとする。

「また難しいこと考えてるでしょ、咲良」

言われてみずきの方を向くと、彼女は心配そうな顔を私に向けていた。

「ううん、そんなことないよ」

いけない、顔に出してたつもりはないんだけどな。

私はまだ、みずきにヴァイオリンの話をすることに抵抗があった。どう切り出しても、最終的にはみずきに気を使わせてしまいそうだったから。

「嘘でしょ」

みずきは私の顔を覗き込むように見る。その目は真っ直ぐに私のことを見ていて、私はそれを見つめ返すことができずすっと視線を逸らす。

「わかるよ。ずっと咲良のこと見てきたんだから。何かあるなら話しなよ、いくらでも聞くし」

嘘がばれてバツが悪そうにしている私に、みずきは優しく笑って声をかけた。その顔を見ると、私はやっぱりみずきのことが好きだなと実感する。

失われた時間があったとしても、今こうして一緒にいられるという安心感がその空白を満たした。みずきは何でもお見通しだな。

「ばれちゃったか……。あのね、みずき。聞いて欲しいことがいっぱいあるんだ」

「いいよ、仕方なく聞いてあげる」

「じゃあ、聞いてもらおうかな。長くなっても知らないよ」

「聞き疲れたら帰るけどね」

少しの沈黙があって、私たちは堪え切れずに笑い出した。残光に照らされた景色に、私たちの笑い声が響く。

私は帰路に就きながら、これからの話をみずきにする。

すっと、心の蟠りが溶け出していく感じがした。

話しているうちに言いたいことがどんどん溢れてきて、止まらなくなる。みずきも私の話を聞いて触発されたのか、これから先どうなっていくのか、どうしていきたいのか、私たちは何者になるのか、そんな答えのない話をひたすら繰り広げた。

日が完全に沈み、街灯が薄暗く照らす道で、私たちは飽きるまで話し続ける。空白の時間が生んだずれは、もうその跡すら見えない。相手がみずきだから、きっと。

2　見えない道を辿っていく

「藤枝君、数学本当に苦手なんだね……」

心底困った表情で日高さんは言う。気持ちはわかる、僕も今どうしようもなく困っているから。

こうしてファミレスに集まって勉強会をするのも、週末のルーティンになりつつあった。平日に勉強するなら図書館だけど、教えてもらいながら勉強するのはやはりこういう場所の方がやりやすい。

「数学だけはな……。勉強をまともにしなくなる前から苦手な兆候はあったんだよ」

小学生の頃はかけ算で躓いた記憶があるし、そもそも数字を式に当てはめてこねくり回すのがあんまり好きじゃなかった気はする。

「苦手意識から取っ払わないといけないのかもね」

「今更そんな話してる時点でどうしようもないんだけどな」

「うーん……。どうすればいいと思う、みずき?」

日高さんはペンで頬をつつきながらみずきに問いかける。この日はみずきも勉強会に参加していた。日高さんが誘ったとのことだけど、みずきは僕よりも苦しそうな顔で参考書と睨めっこしている。

「それ、私に訊く？　こっちが教えて欲しいくらいなんだけど」

苦手意識、という点では僕よりもみずきの方が勉強に対して強い拒絶を示している。さっきからため息ばかりついており、手が止まる度に飲み物を飲むから繰り返しドリンクバーにおかわりを注ぎに行っていた。

「だけど日高さんと同じ高校に受かっているということは、中学まではそれなりに頭良かったんだろ？」

「いや、みずきは昔からずっとこんな感じだったと思うよ」

「じゃあ、どうして受かったんだ？」

「私にもわからない。強いて言うなら勘が冴えてたんじゃない？」

「勘かよ」

まあでも、勘とか運とかも馬鹿にはできないんだよな。

どれだけ地道に積み上げても勘が悪ければ上手くいかないことも多いし、運に関しては自分でどうこうできる問題じゃない。運も実力の内、と言われるけど、それで言えばみずきは高校受験で実力を示したから入学できたのだ。

「別にどこだって良かったんだけど、私は咲良と同じ高校に行くって決めてたから。受かったってことは、天がそうあるべきだと言ってるんでしょ」

みずきはふっ、とどこか挑発的に僕のことを見た。何だこいつ、自分と日高さんが運命で結ばれているとでも言いたいのか。

「まあ、勘とか運とか、それが尽きたらどうしようもないよな、茶屋さんは。毎度毎度上手くいくとは限らないし。僕はそれなりのところまで学力を上げて、着実に可能性を広げるつもりだけど」

運だけでいつまでも一緒にいられると思ったら大間違いだ。自分で掴み取る気持ちが大切なんだよ。それができないなら、ただ受け身で結果を待つだけだ。

「はあ？　だから今勉強してるんでしょ、言われなくてもあんたよりいい結果残すつもりだから」

黙ってろよ、と言わんばかりにみずきは僕を睨む。今回ばかりはそれから目を逸らすことはできない。僕は静かな闘志を瞳に灯して、目を細めて見つめ返す。

「はいはい、もういいから。二人ともちゃんと成長が見られるようになってから言ってね。まだスタートラインに立ったばかりなんだから」

日高さんは呆れた声で僕たちを窘める。

僕とみずきは互いにふん、と鼻を鳴らして、それぞれの参考書に視線を戻した。

苦手意識なんて言っている場合じゃない、絶対に数学をそれなりのレベルまで引き上げてや

る。僕は胸の内でそう誓う。これでみずきに負けでもしたら、悔しいどころじゃすまないだろう。

「みずきは勉強も必要だと思うけど、ピアノの練習もあるからね。あんまり根詰めて、体調崩したら駄目だよ。……勉強で根詰めることはまだないかもしれないけど」

「わかってる、大丈夫。ピアノなんて日常の一部だから、それでぶっ倒れることなんてないよ」

「ま、そりゃそうだよね」

日高さんは陽気に笑った後で、一瞬だけみずきのことを羨んでいるような表情を見せた。

みずきもそれに気がついたのか、僕たちは何も言わずに視線を合わせる。

ピアノを日常の一部、と言えるのが日高さんにとってはこの上ないくらい羨ましい言葉だったのだろう。

彼女の抱えている問題は、やれば解決する、という類のものではない。弾こうとしても、身体が、心の奥底に隠れた傷がそれを拒絶する。

かつて彼女はヴァイオリンと生活が結びついていたのだから、その喪失は計り知れないほどに大きいものなのだろう。

「さて、そろそろ本腰入れて勉強するか」

僕は一言呟いて、邪念を払いのけ真剣に勉強に向かう。やりたくてもできない人を前にして、苦手だとかやりたくないとか言っているのは、醜い言い訳にしかならない。

僕の一言を境に、全員がそれぞれの勉強に没入していく。

話してばかりいては、それは勉強会とは呼べないのだ。


僕たちにしてはそれなりに集中した時間が続いたと思う。

しかしながら、人間の集中力というのはそれほど長時間は持たないものだ。緩やかな曲線を描くように、意識が勉強から離れていくのを感じた。恐らく、みずきも同じだろう。

「そういえば、咲良はどうするの？」

「ん、何が？」

小腹を埋めるために頼んだポテトフライをかじりつつ、日高さんはみずきに訊き返す。集中がほとんど切れていた僕は、少し休憩するか、とポテトを手に取り二人の会話に耳を傾けた。

「進路、私まだ訊いたことなかったから」

ああ、確かに僕も日高さんがどうするのかを聞いていなかった気がする。

まあでも、日高さんは音大を目指すのだろう。

いくら弾けなくなったといっても、彼女の力量は実績が物語っている。自分の力で全国大会まで駆け上ったのだから、その力は本物だと証明されているだろう。

「うーん、二人には色々偉そうなこと言っちゃったけど、私もまだ決めきれてないんだ。進路を決めるって、本当に難しいよね」

「難しい？　咲良は音大に行くんでしょ？」

みずきは言う。日高さんが音大に行くのが、当然であるかのように。

「もちろん、できるならそうしたいよ。けど、まだ少し迷ってるんだよね」

みずきは驚いた顔で日高さんのことを見る。聞き返さなかったものの、僕もまったく同じ反応をしていた。

確かに日高さんは進学校の中でも上位の成績を維持しているし、ある程度名の知れた大学には入れるのかもしれない。けれど、それが彼女の視野に入っていること自体に僕は驚いていた。

僕もみずきも、日高さんがまた音楽の道から離れる可能性を考えてもいなかったのだ。

「まあ可能性の話だけどね。私もそれなりに現実も見ておかないと」

何事もないように日高さんは言う。

現実と言われればそうなんだけれど、僕は日高さんの言葉にどこか違和感のようなものを感じていた。普通に考えたら、何もおかしくないはずなのに。

「いや、でも……」

みずきは明らかに動揺した声でうろたえる。

それはそうだろう。みずきはきっと、昔のように日高さんと一緒に演奏する日々を思い描いていたはずだ。これからまた時間をかけて、過ぎてしまった時間を取り戻していこうと。

「ずっと頭にはあったことなんだよ。一般大を視野に入れておく必要があるっていうのは。でも、後ろ向きに考えた結果じゃない。いざという時の覚悟を決めただけだから」

いざという時というのは、多分日高さんがこのまま弾けない場合のことだ。

彼女には実績があるから、と安直に考えていたけれど、僕が思っているよりもシビアで現実的な判断の話をしているのだ。

自分の思慮の浅さに、嫌気が差す。

僕の進路選択には、とりあえず、という考えが少なからず組み込まれていたから。

「じゃあ、ヴァイオリンは？」

「勿論続けるよ！　私が一番したいことだから。それに私が弾こうとするのをお父さんとお母さんも喜んでくれると思うんだ。私からヴァイオリン取ったら何も残らないからね」

ああ、良かった。

日高さんは別に現実にただ折り合いをつけようとしているわけではなかった。

日高さんは夢を見ているくらいの方が丁度いいし、そうあって欲しいとも思っていたから。

みずきも日高さんの言葉を聞いて安心したようにほっと一息ついた。

「だけど、今ヴァイオリンが弾けないのは事実だから。受験には実技試験だってあるだろうし。当たり前のことなんだけど、現実って厳しいよねえ」

「大学も学生を選ぶからな。条件は皆同じだ」

僕の言い方が気に入らなかったのか、みずきはこちらに鋭い視線を向けてくる。言いたいことはわかる。けれど、日高さんはそんなにやわな人間じゃないだろう。

「厳しいからって、諦めはしないだろ？」

「まあね。それが私なんでしょ？」

僕は以前、自分が言った言葉を思い出して頷く。

僕の知っている日高さんは、それくらいでは諦めない。

「もし日高さんが弱気になって、またヴァイオリンをやめるだとか言い出すなら、僕が説教しに行く必要があるからな」

「いやいや、そっちこそ。何かと理由をつけては諦めた振りをしてたのはどこの誰なのかな。困ってるなら言ってね。私が直々に助けてあげよう」

得意げに言った後で、日高さんは小さく噴き出した。

ちょっとおかしなやり取りだけど、これが僕たちにとっての励まし合いみたいなものだ。

「……はあ」

みずきのため息が僕たちの間に割って入って来る。

「どうしたの？」

「いや、甘ったるいなと思って。何いちゃついてんの」

苦い顔をしてみずきは僕たちのことを見る。勉強会の場なんですけど、とでも言いたげな顔だ。

「いやいや、別にいちゃついてないよ。何言ってるのみずき」

日高さんは慌てて否定するも、その頬には少しだけ赤みが差していた。

僕としてもそういう風に言われると、少しだけ気恥ずかしいというか居心地が悪くなる。僕はストローを咥えて、空になったコップの中を啜り続ける。

「……まあでも、日高さんは大人というかちゃんと考えているんだな。僕も小説の勉強になるだろうって文学部を志望しようと思っていたけど、安直過ぎたのかもしれない。そもそもプロになりたいかどうかと訊かれると、まだよくわかってないしな。だから、同級生がそんなにしっかり進路について考えていると、焦るよ」

微妙な空気を入れ替えるためにも、僕は話題を逸らすべく軌道修正する。

話題転換に出したけれど、間違いなく日高さんからは前に進もうとする意志を感じていた。安心するし、嬉しいし、そこに焦りと不安も加わってくる。

「とはいえ文学部以外で何が役に立つのかなんて、あんまり想像つかないけどね。むしろ何でも役に立つ気はするけど」

「あー、それはそうかもな」

日高さんの言う通りな気もする。けれど、何でもと言われると選択肢が無限に広がって、そのせいで迷ってしまいそうでもあった。

「僕はもっと、世の中のことに目を向けるべきなのかもしれない。何だか最近執筆も上手くいっていないし」

「そうなんだ。でも、色んなものを見たり聴いたりするのは表現活動にとっては大事なことだもんね。みずきはどう思う?」

話を振られたみずきはちゅうとメロンソーダを啜りながら、考える素振りを見せる。

「わかんない、私小説読まないし。けど、私はどこへ行こうがピアノを弾くだけ。多分、咲良以上にそれしか取り柄がないし」

僕と日高さんは目を見合わせた後、再び視線をみずきに向ける。多分何気なく言った一言だけど、それが僕たちの胸に刺さっていた。

「たまには良いこと言うな、茶屋さんも」

「何、たまにはって」

基本的に僕のいるところではきついことを言ってくることが多いから、そうなるのが自然だろう。みずきは僕に妙な敵対心を抱いている節がある。日高さんを取られるとでも思っているのだろうか。

「私、みずきのそういうところ好きだよ」

僕たちのやり取りを見ながら、日高さんは唐突にみずきへの気持ちを伝える。みずきは隣に座る日高さんの腕を摑んで身体を寄せた。

「ふっ」

小さく嫌味な笑みを浮かべながら、目を細めてこちらを見てくる。喧嘩でも売っているのだろうか。

僕は呆れた顔で、日高さんとみずきがいちゃつくのを見ていた。

こうして馬鹿やっている二人も、自分なりの芯を持って先を見据えているのだ。

進路のこともそうだけれど、改めて自分自身の在り方を見つめ直す必要があるのかもしれない。笑えないという課題も未だに抱えているけれど、それはもう僕にとってさほど大きな問題ではなかった。

もしかしたら目を向けるべきは僕の内側にあるものではなく、この目に映る世界の方なのかもしれない。何となく、直感がそう言っているような気がした。

そういう時期に立たされているのを、じわじわと実感する。

枝分かれした道の中から、人は常に一つだけしか選択することを許されていない。であれば、自分の望む道を進もうとするのが道理だろう。

僕は僕の望みを知る必要がある。

僕が小説を書くことに何を望むのか、僕がどうして藤枝蒼で在りたいのか。

それはきっと日高さんも同じで、みずきもそうだ。進路を迫られた人間は、誰しもその壁に直面する。若者だけがそうなのではない。どれだけ大人になっても、どれだけ多くのことを知っても、それは考え続けないといけないものな気がしていた。

「頑張らないとな」

僕は大きく息を吐いた後、そうこぼした。

目の前に立ちふさがる壁は漠然と大きなものだとしか認識できないほどに巨大で、揺るがないものだ。これからこの壁に、傷つきながらも幾度となくぶつかっていくのだろう。

どうしたもんかな、とポテトをつまんで食べる。

最後の方に残った数本は、短くて温もりを失っていた。ケチャップをつけて、僕はそれを齧る。美味しいけど、やっぱり冷めてしまうと少しぱさつく。

温かいうちが美味しいものは、やはり温かいうちに食べておくべきだな、と思った。鉄は熱いうちに打てならぬ、ポテトは熱いうちに食べろ、か。

なんてくだらないことを考えていると、二人の会話は修学旅行の話へと移行していた。

「修学旅行、今からもう楽しみだよ。早く来ないかなあ」

「私、甘いもの食べに行きたい」

「いいねえ、京都といえば抹茶だよね」

学生の一大イベントへの期待に、二人は想像を膨らませている。

まあ、普通に考えたら楽しみで仕方がないイベントだろう。日高さんにはみずきがいるし、こいとちゃんもあいちゃんもいる。グループを組むのには苦労しないんだろうな。

僕は修学旅行の準備期間が来ることにすら、一抹の不安を覚えていた。なるようになるさ、と割り切ってはいるんだけど。

と、二人の会話を聞き流していると、僕はあることに気がついた。

「……あ、そういえば僕も修学旅行京都だった気がする」

その日家に帰ると、リビングの方で人気(ひとけ)を感じた。

両親のどちらかだろう。こんな時間に家に帰っているなんて、珍しいな。

だからといって、僕には関係のないことだ。そのうち自室に戻るだろうし、それから晩御飯を作りに行くことにしよう。顔を合わせたって気まずくなるだけだ。

部屋着に着替えると、僕はベッドに倒れ込む。頭を働かすというのは、思っている以上に疲れるもんだよな。受験生になるとこれ以上勉強することになるんだから、慣れておいて損はないか。

先に控えた受験を憂(うれ)いていると、自然と瞼(まぶた)は重たくなり呼吸が深くなる。視界が薄れていき、次に目が覚めた時はすでに日付を跨(また)いでいた。

「……寝過ぎたな」

時計を確認した後、仰向(あおむ)けになり天井(てんじょう)を眺める。

もう一度寝られたらいいんだけど、難しいだろうな。そのくせ朝になる頃には、何食わぬ顔で眠気が僕の意識を奪おうとするのだ。

締め付けられるような感覚とともにお腹が鳴る。

そういえば、晩御飯食べてなかったっけ。

僕はベッドから起き上がり、部屋を出る。僕の部屋は二階にあって、一階にはリビングとキッチンが同室にある。適当に冷凍食品でも食べようかと冷凍庫を開けて中を漁っていると、背中の方で扉が開く音がした。

「あお、か」

そう呟いたのは父だった。格好を見たところ、風呂上がりなのだろう。僕はその姿を一瞥して、視線を冷凍庫に戻す。別に僕に話しかけてきたわけではなく、単なる独り言だと思って無視をする。

僕は冷凍のパスタを選んで封を開け、皿に移して電子レンジへ放り込む。出来上がるまで五分ほど、電子レンジの前で待つ。どうせ父もすぐ自分の部屋へ戻るだろう。

「どうするんだ、お前」

「…………え?」

また独り言か、と流したけれど、少し間を開けて僕に話しかけたのだと理解する。

「来年には卒業だろう」

父が話しかけてくるのは珍しい、どころの話じゃない。

僕は驚きから、すぐには返答できずにいた。そんな僕のことを父は横目に見るくらいで、目を合わせてくることはない。話しかけられたのだから答えればいいのだけれど、僕は迷っていた。

「……まだ具体的には決めてないけど、進学を考えてる」

お金とか、書類とか、まだ親に頼らなければどうしようもないことが僕にはたくさんある。どうするのかと訊かれれば、多少答えるのが筋なのかもしれない。とはいえ、僕と親の関係の中で、何でもかんでも話すようなことはしないいし、できなかった。

「そうか」

一言呟いて、父は自室へと去っていく。父が扉を閉じる音と、レンジのタイマーの音が重なった。僕と親が家の中で会ったら空気が重たくなるのはいつものことだけど、今日はどう考えても様子がおかしかった。

話しかけてくることの何がおかしいのか、と思われるかもしれないけれど、確かにおかしいのだ。

僕たちの間柄において、こんな風に会話をしたのは遠い記憶の中にしかなかった。

会話と呼ぶには、短過ぎるかもしれない。それが僕と親の間にできた溝の深さの表れだった。

単なる気まぐれか、それとも僕に言っておきたいことがあったのか、その真意はわからない。

どちらかといえば後者ではないのかと僕は思うんだけど。

後者だとして、一体何の心変わりがあったのか。

出来上がったパスタを持って自室へ向かう。それを食べている間も父親の顔が頭にちらついて、あまり味を感じなかった。

訳のわからないことばかりを考えても埒が明かない。

僕は頭を切り替えてパソコンに向かい、二作目の執筆を続ける。小説もこれからの人生も周りの人たちが考えることも、まるで霧に包まれたように曖昧な輪郭を描いていた。

あおとさくら

Ao&Sakura

2.5 みずきとさくらⅡ

「こんにちはっ！」

この日、私はみずきの家を訪れていた。空はよく晴れていて気持ちが良いので、散歩がてらここまで歩いて来た。最近、藤枝君の影響もあってか、以前よりも歩くことが多くなってきた気がする。

「はいはいー。あっ、咲良ちゃん！」

「おばさん、お久しぶりです！」

出迎えてくれたのはみずきじゃなくて、みずきの母だった。私が久しぶりに顔を出したから、驚いている様子だ。私も久しぶりに顔を見たけれど、相変わらず綺麗な人だ。

「本当、久しぶりね。ちょっと大人っぽくなったんじゃない？」

「本当ですか？　そうだったら嬉しいですけどね」

「若い子の成長は早いからねえ」

そう言ったおばさんも、見た目はかなり若く見える。みずきそっくりの黒髪と細身のスタイルはとても綺麗で、自分もこうなりたいと思わせられる。顔だちもみずきに似ているが、目だけは彼女よりも穏やかな印象だ。

みずきと話さなかった約一年の間、当然私はここへ来ることはなかった。おばさんには久しぶりに会ったはずなんだけど、全然そんな感じがせず、むしろ心地よい安心感を覚えていた。

「あの、みずきは？」

「あの子は午前中レッスンだったと思うけど、まだ帰って来てないわ。寄り道でもしてるのかも」

「あっ、そうなんですね」

「良かったら上がって、咲良ちゃん。みずきが帰ってくるまで、近況でも聞かせてくれないかしら」

おばさんは手招きして私を家の中へと招き入れる。久しぶりに入ったみずきの家は、以前と変わらない匂い（におい）がした。私はふいに感じた懐かしさに、つい口元が綻（ほころ）んでしまう。

おばさんと世間話をしつつ、私はみずきの帰りを待った。

「ただいま」

お茶とお菓子を頂きながらのんびりとおしゃべりをしていると、みずきが帰って来た。その手には紙袋が下げられている。

「おかえり、みずき」

私は座ったまままみずきに向けて小さく手を上げる。

私とおばさんが話し始めてから、三十分ほどが経っていた。

私がみずきと距離を取り、ヴァイオリンを弾けなくなってからのことをおばさんに伝えると、彼女は優しく温かい目で私のことを見ていた。何も言及することのなかったおばさんの優しさを感じながらも、つい母のことを思い出して少しだけ寂しくなった。

「咲良、ちゃんと持ってきた？」

みずきは紙袋をおばさんに渡しながら、私に問いかける。

「もちろん」

私は持って来ていたケースをみずきに見せつける。それを見たみずきは嬉しそうに口角を上げた。今日はこれのために、みずきの家に集まったのだ。

「じゃあ、早速」

「みずき、お昼はどうするの？」

と、みずきが言うのを遮るようにおばさんは訊く。みずきはおばさんと私を交互に見て、困ったように眉を顰めた。早くやりたいのと空腹が天秤にかけられているのかもしれない。

「食べなよ、お腹が空いたら力が出ないよ」

「……おかあさん、食べる」

「はーい」

みずきは私の隣に座って、小さく息をついた。

ピアノのレッスンで疲れたんだと思う。集中して演奏すると疲れるのは、どの楽器でも同じだろう。

おばさんはテーブルにサンドイッチとスープを用意する。みずきは「いただきます」と手を合わせると、静かに昼食を取り始めた。穏やかな時間が、またしばらく流れる。

みずきが昼食を食べ終えると、私たちは奥のピアノが置いてある部屋に向かった。

中学生の頃、私たちはこの部屋で毎日のように演奏をしていた。私がヴァイオリンで、みずきがピアノ。二人の音を重ねる時間が、何よりも楽しかったことを覚えている。

たった一年半ほどで、私の演奏は随分と様変わりしてしまった。かつては流れるように動いていた身体も、今はヴァイオリンを構えるだけで不格好に震えてしまう。

けれど、私はあの時に微(かす)かな光を見た。みずきの前で演奏した時、ほんの少しだけ当時の音を取り戻せた瞬間に。

私はまた弾けるようになりたい、その思いは募る一方だった。

もしかしたら、上手(うま)くいかないかもしれない。将来にだって不安はある。

それでも私には、私の演奏を聴いて欲しい人がいる。それだけは確かだった。

「準備はいい？」

ケースからヴァイオリンを取り出して、その手触りを確かめていた私にみずきは訊く。ヴァイオリンの準備も、心の準備も、すでにできていた。

「できてるけど、ちょっといいかな」

そう言ってヴァイオリンを置いて椅子に座る私を見て、みずきは不思議そうに首を傾げた。

「ねえ、みずき。まずはみずきのピアノ、聞かせてよ」

みずきの弾くピアノの音を、私は今でも鮮明に思い出すことができる。

色褪せることのない記憶の中で、それは煌々と輝いていた。だけど、私の見ていない間に、みずきもまた前に進んでいるはずだ。

まずはそれを確かめる必要があった。

みずきがどれだけ成長したのか。そして、私とみずきの間にどれだけの差があるのか。

私はもう一度、みずきの演奏に見合うヴァイオリンが弾きたい。

私の提案にこくりと頷いて、みずきはピアノ椅子に腰かける。そして両手を鍵盤の上にゆっくりと載せて、私に語りかけるように音を奏でた。

耳を澄ませて、私はみずきの演奏を、言葉を、思いを聴く。音がすっと入り込んできて、私の世界はそれで満たされた。

この景色を、みずきの音を感じられることを、どれだけ望んだっけ。

そっか、もう一度始められるんだ。

私は本当に、人に恵まれている。

こうして再びヴァイオリンと向き合うことができているのは、みずきがずっと待っていてくれたからだ。そして、藤枝君が私の腕を引いてくれたから。

大切な人たちの思いの上に、今の私は立っている。

その人たちのため、そして自分のためにも、私は絶対に取り戻してみせると決意した。

3 開かれた扉

夏休みを越え、文化祭が終わり、風は秋と冬の混ざった匂(にお)いを乗せて流れていく。木々は色づき、赤や黄、橙のドレスを揺らしていた。落葉が地面を色とりどりに飾り、僕はその景色を楽しみながら登校している。

ブレザーを羽織って丁度よくなった気温は、じきに寒さを感じるまで落ちる。年が明ければ、いよいよ受験生にリーチがかかることになる。

その束の間に用意された学校行事、修学旅行が訪れようとしていた。

僕たち二年生に残された純粋な気持ちで楽しめる行事としては、最後になるんじゃないだろうか。その分生徒たちは期待に胸を膨らませ、今か今かとその日を待ちわびていた。近づくにつれ、クラスで耳にする話題はその頻度を増していく。

さて、修学旅行どうしようか。

僕は悩んでいた。修学旅行自体は、文化祭の時のようにふらふらとしていれば勝手に時間は過ぎるだろう。それはそれでいいとして、問題なのは修学旅行がグループ行動であるということだ。

グループで行動するには、まずそのメンバーを決めなければいけない。毎度毎度、そのメンバー決めに僕は頭を悩まされてきた。

いや、本当に頭を悩ませてきたのは僕を受け入れる側の人たちかもしれない。笑いもせず不愛想、なおかつ親しくもない人間をグループに受け入れるのはそれなりのリスクというか気苦労を背負うことに違いない。

僕は一人葛藤する。以前のように、修学旅行へ行くことに否定的なわけではない。それなりに関わるチャンスをくれるのなら、僕は歩み寄りたいと思う。

だけど、他人に抱く印象というのは中々変わるものじゃない。ましてや高校二年生にもなれば、同級生の人間性と立ち位置くらいは、なんとなくわかるもので。そうなればやはり、僕のことを邪魔者だと認識する人間はそれなりにいるはずだ。

それに対して、僕は特に酷いとは思わない。

こういう結果に至ったのは今までの僕の態度の問題であって、自業自得だから。それよりも今は、何だか申し訳ない気持ちの方が大きくなっていた。

余った人間で丁度よくグループを組めるのなら、まだ何とかなるかもしれない。僕はそれに一縷の望みをかけていた。同じような立場の人間なら、僕が輪に入ることで誰かを困らせることはそうないだろう。

考えるほどに気分が重くなっていくので、僕は修学旅行についての思考をシャットアウトする。放っておいても、もうすぐグループ決めの時間はやってくるのだ。
なるようになるさ、と僕はその時を待った。

「それでは皆さん、それぞれ話し合って修学旅行のグループを決めてください。事前に伝えてある通り、同じクラスに限るというわけではありませんので、各自声をかけ合うように」

学年主任の先生は、芯の通った声で並んだ生徒全員に向けて言う。体育館に集められた生徒は学年主任が話し終えると、一気に場の空気は盛り上がる。わいわいがやがやと話しながら、列は一瞬で崩れ去り、いくつもの塊へと変わる。行き交う人の合間から、高瀬が僕の方をちらと向いたのが見えた。

大半は事前に決めていた人間で寄り集まっているのだろう。グループを決めてください、と学年主任は言ったが、決まったグループで集まってください、の方が適切なんじゃないだろうか。

そんな中で、僕はやはり一人だった。勿論、僕と同じように一人で所在なさげに立っている生徒は何人かいる。その誰もが気づけば端の方へと自然に下がっており、目の前の景色から目を逸らしていた。

僕にとっては見慣れた光景であるはずなのに、何だか今までよりも息苦しく感じる。ここ最近、こんな風に疎外感を感じることはなかったっけ。図書館に行けば日高さんに会うし、夏を通して色んな人に出会った。

僕は人と関わらないようにすることをやめた。だからだろうか。初めから諦(あきら)めた状態でこの状況に置かれるよりも、今の方が堪(こた)えるものがある。

初めはこれを、惨めさや寂(さび)しさ、無力感のせいだと思っていた。

修学旅行が楽しみで仕方がないという様子の生徒たちを見ていると、どうして自分はこんなところで突っ立っているのか、という思いがこみ上げてくるのを感じる。

変わるだの前に進むだの言っておいて、悪癖は未(いま)だに僕の中に根付いていたみたいだ。そうだよな、きっかけは確かにあったけれど、実際に変われるかどうかは自分次第でしかない。

相手が嫌がるかもしれない、チャンスがあるなら、なんてどれも言い訳に過ぎないのだ。

結局、僕の手元にある選択肢は二つ。踏み出すか、踏み出さないか。

なら、答えはもうわかりきっている。

僕はふらっと歩き出し、すでに出来上がったグループの隙間(すきま)を縫っていく。そして目的の場所へ辿(たど)り着くと、深く息を吸い、意を決して口を開く。

「僕をグループに入れてくれないか？」

僕の声に高瀬は振り返る。

「え、今なんて……？」

聞き間違いとでも思ったのだろうか。高瀬は僕の方へ耳を近づけてくる。僕はもう一度、はっきりとした口調で同じ言葉を繰り返した。

「僕をグループに入れてくれないか?」

今度こそ明確に聞き取ることができたのだろう。高瀬は口をあんぐりと開けて随分と間抜けな顔で僕の顔を見ていた。その顔を見て、僕は自分の握った拳に力が入り過ぎていたことに気がつく。

「びっくりした……。どうしたんだよ、藤枝。おかしなものでも食ったのか?」

「もしかしたら食べたのかもな。それで、どうなんだ?」

はやる気持ちから、ついつい返事を催促してしまう。自分も輪に入れてくれなんて自発的に言ったのは、一体何年振りなんだろう。答えが出るまでの時間が、どうしようもなく怖く感じた。

「いや、どうって言われてもな……。俺は構わないけど、グループだから皆の意見も聞かないといけないし」

それもそうか。高瀬が絶対的なリーダーなら鶴の一声で可否も決まるだろうけれど、こいつはそんなタイプじゃないしな。

「あのさ、こいつグループに入れてもいいかな? 三組の藤枝って言うんだけど」

楽し気に談笑していたグループメンバーに、高瀬は声をかける。何だか裁判の場に立たされているような気分だ。僕は黙って判決を待つ。

「え、誰？」

「知ってる？」

「いや、知らない」

口々にそう呟く声が聞こえてくる。

まあ、そうだろうな。グループに入れてくれと言い出した僕自身、高瀬以外の名前を知らないのだから、当然の反応だ。

「まあでも、悪い奴じゃないよ藤枝は。こう見えて案外面白いところもあるからな。これから知っていけばいいんじゃないか？」

と、高瀬は僕を持ち上げるが、それはそれでハードルが上がってしまいそうで少し心配になる。唐突に面白さを求められても、上手く返せる自信はなかった。

「これからって言ってもな。何でこのタイミングなんだよ」

彼の言う通り、このタイミングで知らない人間が仲間に入れてくれと言ってきても困惑するだろう。僕が気まずさを感じるということは、向こうも同じように思うはずだ。

「藤枝だっけ？　お前はどう思ってんの？」

これまで口を閉じていた一人が話しかけてくる。

僕自身の意志も確認しておこうということだろう。どう答えるべきか迷ったけど、僕は思っていることを正直に話す。

「入れてくれるならありがたいけど、断りたかったら気にせずそうしてくれていい。入れてくれるにしても、邪魔をするつもりはないよ」

「じゃあ別に良くね」

軽く了承されてしまい、僕は動揺した。

ありがたくはあるけれど、拍子抜けというか本当に良いのか心配になる。さっきまで微妙な顔をしていた他の人たちも、まあいいかといった表情で再び談笑を始めていた。

「だってさ。良かったな、藤枝」

「あ、ああ」

僕は自分の身体から力が抜けていくのを感じていた。

一件落着、と言っていいのかはわからないけれど、とりあえず僕は共に修学旅行を回る人たちを手にしたのだ。

いや、でも、緊張したな。

握っていた拳を開くと、手のひらに汗が滲(にじ)んでいた。僕が自分の意志で行動したことの証明だ。いちいち喜ぶようなことでもないのかもしれないけれど、僕は達成感を嚙(か)み締(し)める。

グループが決まると、それぞれ自由行動の過ごし方について計画を立て始めた。当然僕もその場にいたけれど、口を開くことなく、ただその様子を静観していた。

大方のグループがメンバーを決定すると、残った生徒を先生たちが誘導しグループを作らせる。そこは今までの僕がいた場所で、それを今は違う角度から眺めている。言い表せない感情が僕の中で渦巻いていた。

修学旅行がどうなるのか、僕にはもう予想がつかなかった。

「――って感じで、高瀬のグループに入ることになったんだ」

「藤枝君、頑張ったんだね……」

袖で目元を拭いながら、日高さんは感動を仕草で表現する。もちろん、ただの泣き真似かつ僕をからかっているだけだ。

「僕は頭とか口が先行してしまいがちだからな。行動に移すことができて良かったというか安心してるよ」

「そうやって少しずつ積み重ねることが大切なんだよ」

「僕がいきなりハイテンションで友達作りに励んでいたら怖いもんな」

「うん、怖いね。通報すると思う」

「なんでだよ」

放課後の図書館で、僕は今日のグループ作りのことを日高さんに話していた。こうして日高さんに話すことで、少しでも消化できるんじゃないかと思って。

「グループに入れてもらえたのは良かったけど、少し心配だ」

「どうして？　色んな人に藤枝君を知ってもらうチャンスじゃない？　上手くいったら仲良くなれるかもよ」

「上手くいかない場合もあるんだよ。僕が入ることで変な空気にさせてしまったら申し訳ないし、受け入れてくれたことが逆にプレッシャーというか」

あれからずっと、そのことが頭にちらついて離れなかった。

言ってしまえば今日の僕の行動は、単なる独りよがりに過ぎない。そのせいで他人が楽しめるはずだった時間を奪ってしまうかもと考えると、少し気が重たかった。

「今からそんなこと考えてもどうにもならないよ。どうなるかなんて突き詰めれば運なんだし、気軽に考えればいいんだよ。人間関係なんてそんなものでしょ。藤枝君はちょっと深く考え過ぎだね」

「そうなのか」

日高さんがそう言うと、何だかそんな気もしてきた。

考えることも大切だとは思うけれど、僕はもう少し直感とか思いつきに頼っても良いのかもしれない。夏に日高さんを探しに山へ行った時だって何とかなったし、案外そういうものなのかもしれない。

「何事も自然体でいるのが一番だよ」

と、日高さんは笑って言う。

肩肘張って窮屈な日々を送っていた僕たちは、それを肌で感じた当事者だった。

「自然体だと、他人の目からはすごく不愛想に映る気がしてならないんだけど」

「ああー……否定はできないかも」

否定しろとは言わないけど、フォローくらいして欲しいものだ。

以前のように笑えないことに固執しているわけではないけれど、今でも不便に感じることはある。いや、だけど笑顔を取り戻したところで、今の僕がそんなにへらへらと笑うことはない気がする。

「まあ大丈夫なんじゃないかな。別に自然体の藤枝君に魅力がないわけじゃないと思うよ」

「お世辞はいいよ」

「私、あんまりお世辞は言わないよ」

日高さんが真顔で言うものだから、僕はつい黙ってしまう。褒められ慣れていないと、こういう時にどう反応すればいいのか困ってしまうのだ。

確かに日高さんにお世辞を言われた記憶はない。僕が初めて書いた小説を読んだ時も変に褒めそやすことはなかった。むしろ悪かった点にもぐいぐい突っ込んでくるものだから、僕も少しばかりダメージを負ったのを覚えている。

「あんまりそんなこと言われたことないけどな」

「それは藤枝君が人と関わるのを避けてたからでしょ。言われたことがないんじゃなくて、言われる相手がいなかったんだよ」

「おい、無暗にえぐるのはやめてくれないか。あと、それは日高さんも似たようなものだろ」

「そうだけど、だからこそ言えるんだよ。だからまあ、大丈夫だよ。藤枝君なら」

そう言って日高さんは根拠のない自信を押し付けてくる。

日高さんのこういった強引さには困ったものだけれど、元気が出るんだよな。悩んでいることが小さく思えてきて、気持ちが早い段階で切り替えられる。

「やれるだけやってみるか」

ふう、と僕は息を吐き出す。今日悩んでいたことは、それに乗せて身体から吐き出したことにする。

それから僕は小説のアイデアや構想を書き殴ったノートを開いて、ぱらぱらとページを捲る。勉強もしているけれど、小説も同じくらい頑張りたい。できるだけ並行することを意識して、僕は日々を過ごしていた。

「まだスランプ気味なの？」

ノートに書かれた思考の破片を流し見ていると、日高さんはそう訊いてくる。多分心配してくれているのだろう。

「どうなんだろうな。書こうと思ったら書けるんだけど、書いてる気がしないんだよ。自分で書いた文章が滑っていくというかさ。決定的に何かが欠けているんだけど、何が欠けているのかさっぱりだ」

「自分で見つけるしかないんだよね、そういうのって。人に言われたところで、大抵の場合その場で納得するだけで本当の意味で理解することはできないと思う」

「そうだよな。ありがとう、ちょっと救われた気がした」

ある意味、僕がこうして自分の中で悶々と悩んでいるのは正しい道なのかもしれない。正しい道なんてなかったとしても、きっと自分の力にはなるのではないだろうか。

「日高さんの方は、最近どうなんだ？」

「……まああかな。君も知っての通り、ちゃんと勉強に励んでるよ」

「いや、勉強の方じゃなくて。僕が訊いたのはヴァイオリンの方なんだけど」

「ああ、そっちね。うーん、そっちもまああかな……」

日高さんは曖昧に返事をする。

日高さんの場合、そう簡単に上手くいくものでもないだろうしな。彼女は根本的に弾くことができなくなっているのだから。進捗を訊かれたって返答に困るのかもしれない。

「……それよりさ藤枝君って、修学旅行京都なんだよね？」

先ほどとは一転、どこか嬉しそうに彼女は訊いてくる。僕は首肯した。

「京都といえば寺なんだろうな。清水寺とか、金閣銀閣とか、数え出したらきりがないけど。

紅葉シーズンだと観光客も多いんだろうか?」

「多いんじゃないかなあ。SNSを見ててもこの時期は結構混むみたいだし。紅葉……って、藤枝君が修学旅行行くのっていつ?」

「え、ああ、いつだっけ」

　記憶を探っても曖昧な答えしか掬い取れなかったので、僕はスマホのカレンダーアプリを開く。日時が記入されているのを確かめて、僕は画面を開いたまま日高さんにスマホごと手渡した。

「え、同じかも……!」

「同じ?」

「いや、厳密には被っている日があるってことなんだけどね」

　そう言って日高さんは自分のスマホを取り出して、僕のスマホと交互に見比べる。視線を行ったり来たりさせて、間違いがないことを確認しているのだろう。

「同じ地域で同じ場所、しかも日にちも被ってるなんて珍しいよね。何だか仕組まれたみたい」

「うちの高校は例年東京だったんだけど、色々あって今年は京都になったらしい。よくわからないけど、大人の事情ってやつだろうな」

　僕が言うと、日高さんは僕のスマホを返すついでに自分のカレンダーを見せてくる。互いに三日間の日程で、日高さんたちの方が一日後に京都へ向かう、という予定のようだ。

「京都でばったり会っちゃうかもね」

　にや、と日高さんは口角を上げる。

「多分ないんじゃないか。学校同士でそれぞれルート設定が被らないようにはしてそうだから」

「ええー、藤枝君夢なさ過ぎるよ。実質人生最後の修学旅行なんだよ。もっと期待したらいいのに」

「行事とは関係ないだろ、それ」

「それも含めて楽しみにしたらってこと。ちょっとくらい浮かれたっていいのに。私は嬉しいけどな、偶然藤枝君を見つけたりしたら」

　そりゃあ、僕だって嬉しいけど、という言葉を飲み込む。君は違うのかあ、とでも言いたげな目で日高さんは僕のことを見ていた。そうやって何の気なしに言ってくるけれど、こっちは気恥ずかしさでどぎまぎしてしまうのだ。

「でも、京都で藤枝君見つけるのってなんか面白いね」

　日高さんは何を思い浮かべているのか、相好を崩した。

「何が面白いんだよ」

「いやあ、京都で見る藤枝君ってはんなりしてるのかなって。ぱっと思いついて面白くなっちゃった」

「何の想像だよ……。別にどこで会おうが僕は僕だ。場所によっていちいち自分を変えてられるかよ」

そんな器用な真似、僕にできるわけないだろ。まあ、場所や場面によって態度を変えられる能力も有用ではあると思うけど。特に社会人には必要そうだ。でも、今の僕は別にそういうのは求めていない。

「それはそうだよね。藤枝君は藤枝君のままでいいよ。不器用な君にはそんなことできないだろうし、するつもりもないだろうけどね」

日高さんは嬉しそうに笑った。

考えていることを見破られている。野生の勘、というよりは女の勘？　みたいなものだろうか。どちらにせよあまり思考を読み取られてしまうのはよろしくない。そんなにわかりやすく見た目に出ていることはないと思うんだけれど。

「日高さんは京都に行ってもはんなりしないのか？」

「私は元からはんなりしているよ」

「ふうん。というか、はんなりって具体的にはどういう意味なんだっけ？」

「え？　うーん、上品とかお淑(しと)やかとか、そういうのじゃないの？」

あんまりわかってないんだな。僕もわかっていないけど、概(おおむ)ね同じような印象は持っている。はんなりイコール京都っぽい、のような安直なイメージだけど、その認識があっているのかどうかもわかっていなかった。

「それがはんなりの意味として正しいなら、日高さんははんなりしてないかもな」

「してる、私ははんなりしてるから」

　日高さんは引き下がる様子を見せない。いや、どういうこだわりなんだよ。とはいえ僕もその主張を否定しきれなかった。正しい意味がなんなのかを僕は知らないし、もしそれで日高さんの主張が正しければ、恐らく揚げ足を取ってくるだろう。知らないことは言い切らない方が賢明なのだ。

「はんなりしててもしてなくても別にいいんだけどな」

　僕は話に区切りをつけて席を立つ。普段足を運ぶことのない観光ガイドの本が置いてあるコーナーへ行き、その中から関西のものを探した。観光ガイドといってもその種類は多岐にわたり、オーソドックスなものから、各ジャンルに焦点を当てたものまで様々なものが揃（そろ）っていた。

　その中から一冊手に取って席へ戻り、机の上でそれを広げる。ぱらぱらとページを捲り、京都の記事を探すと、すぐに見つかった。やはり京都というだけあって、ピックアップされているものの多くが神社仏閣だった。

　荘厳な佇（たたず）まいが映えるそれらの写真を眺めていると、日高さんが僕のことをじっと見ているのに気がついた。

「……何？」

「いや、何だかんだ言ってもやっぱり楽しみなんだなって思って」

「そりゃあ、京都なんてそう行く機会ないから、多少はな。というか、行ったことないし」

京都に限らず、県外に出ること自体滅多にない。

そもそもこの町はそれほど交通の便が良くないのだ。部活に入っている人は大会や遠征で行ったりするのだろうけど、僕には縁のない話だ。

「そうなんだね。じゃあ、今のうちにたくさん調べて、修学旅行を満喫しないとね」

「まあ、ほどほどにな」

行先の決定権は、多分僕にはない。仲の良い五人で組んでいるところに、いきなり僕が入り込んだのだから、図々しく提案しようとも思わなかった。

彼らは彼らなりの修学旅行の計画を立てるだろうし、僕は行った先で自分なりに楽しめたら十分だ。

観光ガイドブックを眺めながら、僕はそこに写っている写真の中を一人歩く姿を想像する。

遥か昔からその形を残し続ける建造物、街並み、自然の風景。きっと、僕たちの住む町とはまったく違った風が吹いているのだろう。

想像の世界で京都の空気を感じていると、やはりそこでも彼女は声をかけてきた。

もしかしたらがあると考えたら、少しだけ修学旅行が待ち遠しく思えた。

修学旅行当日、僕たちはバスで新幹線の通っている駅へ向かった。僕の隣の席は空いていて、流れる車窓からの景色を眺めながら、遠ざかっていく見慣れた町と比較していた。

僕は存外、その時間を楽しんでいた。

移り変わる景色を見るのは嫌いじゃないし、バスに揺られながら小説のことを考えるのは、なんだか心地が良かった。

そのおかげか、時間はすぐに流れて行く。駅に着くなり僕たちは先生の号令の下、クラス単位で新幹線へと乗り込んだ。基本的にここから先は、グループでまとまって席に着くことになっていた。

「ごめんな、藤枝」

「別にいいよ、邪魔しないって言ったろ」

五人が横並びに席に着く中、僕一人が後ろの席にあぶれていた。席の構造上仕方のないことだし、別に気にしていない。

高瀬は同情の目を向けてくるけれど、そもそも僕はまだグループの内側にいるとは言えないのだ。まずは様子見から……と言っているうちに、修学旅行が終わってしまわないようにしないと。

僕は席にもたれて静かに息を吐いた。また小説のことでも考えて静かに過ごすか、と僕は窓際へ身体を傾けた。

僕の隣の席には、僕と同じようにグループからあぶれたであろう女子が座っている。緊張するわけじゃないけど、隣に知らない人がいるというのはどこか落ち着かなかった。

僕は無理矢理、思考を小説のことに向ける。

こうして小説のことで悩むようになってから、しばらく経つ。けれど、未だに突破口を掴めないでいた。そもそもこれが解決する問題なのかどうかもわからない。

がむしゃらに書いた一作目と違って、今は少しだけ心に余裕がある。それがむしろ考え過ぎてしまうことに繋がって、筆を鈍らせているのかもしれなかった。

より良いものを書かなくては。

頭の片隅の方で、僕の意識が叫んでいた。その思いは大切なんだと思う。だけど、それがしがらみだったり枷になっていては元も子もないのだ。頭ではわかっているからって、上手くはいかないのだから難しい。

と、気がつけば僕は自身の抱える悩みについて一人思考を巡らせていた。

何度も考えたことではあるけれど、毎回、書かなければ小説は完成しない、という至極当然の結論に至るのだった。

ふう、と小さく息を吐いてスマホでも見ようかとポケットに手を突っ込む。そのままスマホを引き抜こうとするが、僕は手を滑らせてスマホを床に転がしてしまった。それも隣の女子の足元に。

やってしまった。このまま下車するまで放置しておこうかとも思ったけれど、多分気がついているだろうな。音に反応していたし。

やむなく僕は声をかける。

「ごめん、ちょっとスマホ落としたんだけど……」

流れ行く風景を眺めていたその子はこちらへ振り向くと、興味なさげに言う。

「取ってええよ」

「いや、それが落ちたのが君の足元なんだ。僕が取るわけにはいかないんだよ」

言っている意味を理解したのか、ああと小さく呟いて彼女は屈（かが）み、僕のスマホを拾ってくれた。

「ありがとう、助かった」

「そう」

何事もなかったかのように、その子は再び窓の外へ視線を移した。

僕はふと疑問に思う。こういう時って、何かしら会話に繋げるものなのだろうか。軽いきっかけで話すようになった、なんてよく聞く話だけれど。いや、仮に話しかけたとして上手くいかなかった場合、普通に気まずいしな。だけど日高さんは色んな人に自分を知ってもらうチャンスだとも言っていたし……。

「なあ」

僕が一人頭を抱えていると、その子が声をかけてきた。視線は未だ窓の外に向けられている。

「暇じゃない？」

話しかけようとしているのを見透かされたかのように、僕の出鼻（でばな）は完璧（かんぺき）にくじかれる。偶然なんだろうけど、唐突なそれに戸惑ってしまった。

「あんたもグループの人数合わせかなにかじゃないん？」

「あ、ああ。まあ、そんなところだけど」

人数合わせというには強引な入り方だったけれど、それを説明したところでどうにもならない。そう言っておいたところで、何ら支障はないだろう。

「お互い悲しい話やな。折角の修学旅行をこんな風に過ごすしかないなんて。こうしてグループの中に入ってたら、嫌でも孤独を味わわされるというかさ。別にいいんやけど」

彼女は周りに聞こえないよう、静かに言った。

言っていることはわかる。集団の中にいるからこそ感じる孤独感というのは、慣れていても少なからず息苦しいものだ。

と、隣の子に共感しつつも彼女のイントネーションや語尾に引っかかりを覚えていた。そうか、関西弁なんだ、この子。珍しいな。

「まあ、そうだな」

「何、あんまり共感できひん感じ？」

「いや、ちょっと驚いただけだよ。話しかけられるなんて思ってなかったから」

もしかしたら、僕と同じようなことを考えていたのかも。同族といっては馴れ馴れしいけれど、僕はこの子に自分と似たものを感じていた。

「うちも話しかけるつもりはなかったんやけどね。あんた、あんまり愛想良い感じじゃないから」

隣の子は窓から視線を外し、ようやく僕のことを見た。初対面の相手に、よくもそこまではっきりと言えるものだ。愛想が悪いのは否定しないけれど。

「愛想の良くない人間に話しかける積極性があるのに、どうして孤独でいるんだよ」

「積極性があることと孤立しないことはイコールじゃないやろ。それに、うちは別に積極性がある人間じゃないし。話しかけたのも単なる気まぐれや。浮かれてるんやろな、うちも」

自嘲するように彼女はため息をついた。その瞳（ひとみ）の奥には暗い影があるようにも見える。

「気持ちはわかるけどな。こういう時に限って普段の自分と違うことをして裏目に出たりするんだよ。まあ、自認している自分なんて流動的なものなんだから、そういうものなんだろうけど」

非日常を過ごしている間は、誰しもが深層心理で何かが起きるのを待っているから、そうなるのかもしれない。

「ふうん、おもろいこと言うやん。良い暇潰(ひまつぶ)しになったわ」

そこで話は途切れる。一度言葉を交わしてしまったが故に、沈黙がより一層気まずく感じた。

僕は一つ、気になっていたことを訊いてみる。

「……あのさ、関西の人なのか？」

「せやね。しかもこの間転校してきたばかり、おもろいやろ」

「ああ、それでか」

僕は彼女がグループに属していながらも一人でいる理由を察する。野暮(やぼ)なことは訊かないけど、話題に出してきたということはそういうことなのだろう。

「うちの親転勤多いんやけど、その都合でな。関西を転々とした後、去年までは東京にいて、それで今年はこの学校」

「随分と忙(せわ)しないな」

「もう慣れてるけどな。よりによって修学旅行先は関西やし、今更住み慣れた街見てもって感じで、せいぜい懐かしさに浸るくらいやわ。困ったら言ってな、道案内くらいはしてあげるし」

「機会があったらな」

そんな機会があるのかは知らないけれど。

そうは言ってもやはり土地を知っている人間が一緒だと、やはり観光もスムーズに進むんだろうな。修学旅行なんて余程ちゃんとした計画を立てていなければぐだってしまうこと間違いなしだと思う。まあ、それも醍醐味か。

「たまにはええんかもな、気まぐれで話しかけてみるんも。今回は割と当たりやったし」

「割とってなんだよ」

「いや、そりゃ大当たりなんてそうそうおらんやろ。それこそ高身長イケメンで話してて楽しくて尚且つ気を使わせない男くらいやわ」

そんな奴どこにいるんだよ、と心の中で突っ込む。

仮にそんな奴がいたとして、そいつは多分人気者なので修学旅行では人に囲まれているだろう。そもそも気まぐれで話しかけるに至ることはない。

「……そんなテンプレみたいなのがタイプなのか？」

「んなわけ」

「だよな」

僕らみたいな人間からしたら、そういう人は違う世界の生き物に見えたりするものだ。好き嫌いとかではなく、どう関わればいいのかわからない。

「学校を転々とする度に人間関係がリセットされるんやから、いちいちそんなのでときめいてられへんわ。もし上手くいって付き合ったとしても、遠距離になって自然消滅するのがオチやし」

「大変だろうな。折角できたものを崩して、一から構築しないといけないなんて」

「でも、悪いことばかりじゃないで。色んな土地見れるんはおもろいし。ただ、やっぱり冷めてしまうところはあるかも。根なし草って、案外大変なものなんよね」

この子は居場所がないんだろうな。色々な街へ移り住んだ彼女、ずっと同じ町で生きて来た僕。正反対の環境でも、同じように孤独を感じるのだ。それはきっと、孤独が人の心の中にあるからだろう。

「友人ができても、人よりもっと短い間隔で離ればなれになってしまうもんな。今はネットがあるからとはいえ、虚しく感じてしまうのは仕方がないのかもしれない」

例えば今、僕がどうしようもない理由で住み慣れた町を離れないといけなくなったとしたら、自分はどうするのだろうか。恐らく僕は、普通よりも町に対する執着は薄い方だと思う。けれど日高さんや、この夏を通して出会った人たちが、遠く感じるようになってしまうと考えたら、間違いなく町から離れるのを渋るだろう。

「友達に関してはある程度諦めがついてるかな。少なくとも、自分で選ぶことができるようになるまでは。だけど、恋の一つや二つくらいはしてみたいやんか。別に高身長イケメンじゃなくてもええし」

「だからそれは別にタイプじゃないんだろ。……したらいいじゃないか。恋愛っていう結びつきなら、物理的な距離が離れたからってそう簡単に消えてしまうものでもないだろ」

「いや、うち遠距離恋愛駄目なタイプやねんな」

「そんなの知るか。頑張れよ」

そうは言うものの、遠距離恋愛が苦手だというのは少し共感できる気がした。僕自身、誰かと付き合った経験はない。けれど、何となく連絡を取らなくなって気がついたらその関係性に疑問を持ち始める自分の姿は容易に想像できた。

「偉そうに言うけど、あんたは付き合ってる人でもおるん?」

「いないけど……」

なに上からもの言うとんねん、と目を細めて僕のことを見てくる。

経験がない以上、僕の言っていることは単なる机上の空論でしかないもんな。

「ふっ、まあええんちゃう。何ならうちが相手したろか?」

「え?」

「冗談に決まってるやろ」

ははは、とその子は笑う。ふざけるな、一瞬心臓が止まったかと思った。冗談でもそんなこと言われたら、変に意識してしまうだろ。

「じゃあ、好きな人は?」

隣の子は続けて質問する。僕はやはり回答に困って口を噤んでいた。

僕の様子を見て、その子は口を綻ばせる。

「答えなくてもええけど。その反応見る限りおるってことやで」

妙に楽し気にその子は言った。何も言わずとも、墓穴を掘ってしまったみたいだ。

完全に弄ばれてしまっている。

「ええやん。けど、貴重な青春を逃さんようにしいや。見たところ恋愛には奥手みたいやし。……羨ましいわ、普通に」

赤みのある茶髪をかき上げながら、その子は小さくため息をついた。

この子はその普通に、すでに折り合いをつけてしまっているのだろう。何かのせいにして自分を諦めるのは、苦しいけれど楽な選択ではある。彼女を見ていると、僕は少しだけ複雑な気持ちになった。

「まあ、僕は僕なりに頑張ってるつもりだよ」

少しずつ、なんて思っていたら遅いのかもしれない。この子の言う通り、逃さないようにしたいと思った。そのために僕は、色々なものを離さないように掴んでおかなければいけないのだ。

「ふふ、青臭いなあ」

満足したのか、再び視線を外の風景へと向け、話にピリオドが打たれる。

一区切りついてからようやく、僕は隣のこの子がとても話しやすい人だったことに気がついた。彼女の元々のコミュニケーション能力が高いのもあると思うけれど、どこか自分と似たものを感じた、というのが大きいのかもしれない。

黙ってぽちぽちとスマホで小説のアイデアをメモしていると、僕たちの乗った新幹線は京都駅までもう少しのところに迫っていた。京都とだけ聞くと随分遠くに感じるけれど、新幹線に乗ってしまえば案外早い。少しだけそわそわした気持ちを抑えるべく、僕は静かに深く呼吸をした。

アナウンスが流れ、全体がそれぞれの荷物をまとめ出す。

あ、と僕は訊き忘れていたことを思い出して、隣の子に声をかけた。

「あの、名前は？」

僕が尋ねると、ああ、言ってなかったっけ、と教えてくれる。

「夏目（なつめ）」

「夏目さん、か」

「夏目でええよ。……あんたは？」

「藤枝蒼（あお）」

「そう。ふじえだあお、ね」

手荷物をまとめながら、夏目は少しだけ口角を上げた。

再びアナウンスが流れ、新幹線は速度を次第に緩めて京都駅へと到着した。

グループごとに席を立って順に降りて行く中で、夏目は僕に「じゃあね」とだけ言って四人の女子たちから少し遅れるタイミングで降りて行った。僕は夏目に薄っすらと以前の自分を重ねる。遠ざかっていくその背中が気がかりだった。


「はあー、ついたついた」

高瀬は大きく伸びをする。周りの人たちも同じように伸ばしたり回したりして身体をほぐしていた。大きな駅の構内で、僕たちは列をなして並んでいる。

「流石に駅の中だけ見ても京都っぽさは感じないけど、都会って感じはするよな」

「あー、わかる。というか、多分俺らの町がぱっとしない田舎だから大きな駅を見ると都会を感じがちなんだよな」

「それはあるわ」

確かに土産屋に京都っぽいものが置いてある他、明らかに京都っぽい感じはしないかもしれない。まあ、それは観光地で感じれば良いことだ。どちらにせよ、ここからまたバスで移動になるのだから。

「藤枝、なんか楽しそうに話してたな。知り合いだったのか？」

「いや、初めて話したけど」

「初めてであんなにちゃんと会話したのか?」

何がおかしいんだよ、と思ったけれど、もしかしたら高瀬は自分が初めて僕に話しかけた時のことと照らし合わせていたのかもしれない。あんまり覚えていないけれど、それなりに冷たく接した気はする。

「僕からじゃなくて、向こうから話しかけてきたんだよ。きっかけは僕がスマホを落としたからだけど」

「ああ、そうなんだ。まあ、だよな。それにしても、藤枝って見る度に女子と話してるよな、何でなんだ」

いかにも腑に落ちないといった顔でこちらを見てくる。

そんな顔をされても、別に僕が女の子を選んで話しているわけではないしな。言われてみればそうなのかもしれないけれど、そんなのただの偶然に過ぎない。

「そんなこと言われても。というか、お前の方が僕より女子と話す機会多いだろ」

「そういうことじゃないんだよなあ」

じゃあ、どういうことなんだよ。と、言い返す前に全体の移動が始まる。話はそこで切り上げられて、僕たちは駅を出てバスに乗り込んだ。

席に座りスマホを見てみると、メッセージが一件届いていた。日高さんからだ。

〈京都はどう? 満喫してる?〉

〈今着いたところなんだけど〉

〈知ってるよ笑　楽しい修学旅行になると良いね〉

〈日高さんもな〉

彼女は明日、京都へやって来る。彼女も言っていたけれどその時が来て僕にもわかった。ちょっと面白いよな、こんなところでも日高さんに会う可能性があるって。

それに、自分の町から遠く離れた場所にやって来たというのに、目にする顔ぶれは普段の日常と同じというのも、日常と非日常が交錯している感じがして面白かった。

学校という組織に属しているからだよな、これって。

遠くに来ているようで、どこか安心感に近い感覚があるのはそのせいだろう。もうこんな人数で団体として旅行に行くことなんて、ないはずだ。大人になるにつれ、人は一人で行動することが必然的に多くなる。

それって、どんな感覚なんだろう。

ゆっくりと発進するバスの車窓から、外を眺める。ようやく、修学旅行が始まった気がした。

バスに揺られること二十分、僕たちを乗せたバスは一つ目の観光先である清水寺へと到着していた。言わずもがな、清水寺で有名なこの場所は多くの観光客で賑わっていた。清水坂と呼ばれる清水寺へ続く参道には、多くの土産屋や飲食店が軒を連ねている。

「うおっ、着物だ」

グループの一人である足立が言った。グループ決めの時に、僕が加わることを許可したのがこの足立だ。

一応、僕はこの日までに同じグループのメンバーの名前を大体覚えてきた。多分、覚えていると思う。正直それほど自信はなかった。

「結構いるな、着物着てる人」

「なんか急に京都の風感じてきたわ」

「わかる。侘び寂び、だよな」

めちゃくちゃ適当に話しているな、こいつら。

喋った順に言うと、源、川島、板垣だ。足立はなんとなく印象に残っているけれど、この三人はよく顔と名前が結びつかなくなる。

僕はぐるりと辺りを眺めてみた。京都の風を感じられているかはわからないけれど、京都っぽさは確かに感じる。テレビや雑誌で見たことあるところだ、というのが率直な感想だった。

今から設けられた時間内で、この通りから清水寺までをグループで見ていくことになる。脇に気になる土産屋はいくつもあるけれど、今買ってしまっては観光する時に荷物になってしまう。行き道で目星をつけて、帰りで購入するのがセオリーだろう。

と、僕はそう思っていたんだけど、グループの皆はそんなの気にもしていなかったようだ。

気になる店がある度にふらっと立ち寄っていたので、清水寺に辿り着いたのは全体の中でも最後の方だった。

すでに僕は少し気疲れしており、五人の後ろをゆっくりとついて行く形になっている。集団で行動するのって、こんなに疲れるんだな。今までは集団の中で単独行動していたようなものだったけれど、今回の僕は少なからず足並みを揃えようと努力しているからかもしれない。

「なんか赤くね？　こんなんだったたっけ」

足立は首を捻（ひね）って正面に構える赤く大きな門を眺めていた。

このグループの様子を見ている限り、足立と高瀬と他三人、と言い表すのが適当なのではないだろうか。話の起点にいるのは、大抵その二人だ。

「仁王門だからな、それ。多分、想像しているのは本堂だ」

一応、補足程度に説明しておく。まあ僕も雑誌で得た知識だから、それほど詳しいわけではないんだけれど。ちなみにその後ろにそびえ立っているのが三重塔だ。

「へえ、詳しいのな。藤枝だっけ、寺好きなん？」

「いや、そういうわけじゃないけど。ちょっと雑誌見たから知ってただけだ」

へえー、と感嘆の声が上がる。何となくでも、観光ガイドを眺めておいて良かった。

「ほな、行こか」

「ほなほな」

と、似非関西弁のような言葉遣いをしながら僕たちは先へ進む。ついつい関西弁の真似事をしてしまうのは、関西に来た旅行者あるあると言っていいのかもしれない。

清水寺といえば本堂のイメージが印象深いけれど、境内にはいくつもの小ぶりなお堂がある。高瀬たちはそれを眺めながら、「すごいすごい」と口にしていた。語彙力のなさを突っ込みそうになるけれど、僕も多分そうなるだろうと思って口を噤んだ。

荘厳で神秘的にも感じる歴史的建造物の雰囲気を言葉で言い表すのは難しい。

入り口に並ぶ自分たちの学校の列を見つけると、僕たちはその後方に並んだ。流石に人気の観光スポットだけあって、大勢の観光客が並んでいる。順に進んでいく列の中で、自分たちの番が来るのを雑談しながら待った。

「清水寺といえば清水の舞台とあれだよな、あの、滝の水飲むやつ」

「音羽の滝だろ。俺でも知ってるぜ」

高瀬は自慢気に言う。その辺りは言わずもがな有名だから、知っている人も多いんじゃないだろうか。

「三種類くらいあるよね」

「ああ、確か学問、恋愛、長寿だろ。まあ飲むとしたら、俺は長寿だな。長生きしたいし」

源……ではなく川島が言って、板垣が答える。そこから五人は自分ならどの水を飲むかを語り出した。話を聞く限り、五人の中で恋愛の水を選んだ者はいなかった。案外皆現実的というか、恋に対してそれほど関心を抱いていないのだろうか。もしかすると、友達の前だからこその恥ずかしさがあるのかもしれない。

「藤枝は、飲むとしたら何？」

「ええと、学問を選ぶかな」

今僕が頑張るべきはこれだろう。勉強しかり、執筆しかり、全力で取り組みたいと思ったのだから。

それに、恋愛は神頼みする前に自分の中でまだ整理することが残っていると思った。僕が前に踏み出すのに、何をしなければいけないのかを。

「ええー真面目(まじめ)だな、なんか」

つまらなさそうに言われるので、僕は一応弁明しておく。

「いや、僕本当に成績悪くてさ。この間のテストも酷いもんだったからな」

僕が自分のテストの点がいかに悪かったのかを説明すると、憐(あわ)れみと同情を乗せた視線が僕に向けられる。

「なんか意外だな。落ち着いてて、普通に頭良さそうなのに」

「聞いてる限りじゃ高瀬レベルってことだろ、それやばいよ」

一緒にするな、と言いたいところだけれど、もう数字として結果が出てしまっている。これに関しては、僕も否定することができなくて心底悔しい。というか、高瀬も成績悪いのか。なんというか、イメージ通りだな。

「何だよー、俺レベルって。馬鹿(ばか)にしてんのかお前ら」

「いや、だって馬鹿じゃん」

憤慨する高瀬だったが、話しているうちに列は進み、僕たちも本堂へと向かう順番がやって来た。騒ぐ高瀬をよそに、他の四人はするすると入り口から入っていく。こいつら、高瀬とつるんでいるだけあって扱いが手慣れているな。無視が一番堪えることを知っている。

列に続いて本堂へ入ると、中は薄暗く外から差し込む日光によって明るさが保たれていた。木造の柱や屋根はその質感から悠久の時を感じさせる。どこかで聞いた話だけど、清水寺は釘を一本も使用せず、木材同士を巧みに接合することで作られているらしい。自分の生きる時代の遥か昔に、そんな技術が確立されていたという事実は本当に驚異的なことだと思う。

中に設置されている弁慶の足跡やら鉄下駄(げた)、錫杖(しゃくじょう)、そして出世大黒には多くの人がそのご利益にあやかろうと群がっていた。僕は少し離れたところからそれらの設置物を眺める。

僕がじっくりとそれらを眺めていると、他の五人はずんずんと先へ進んでいた。早く清水の舞台へ行ってみたいのだろう。

僕もその後を追うように、間隙を縫って進んだ。

「おおー！　これが清水の舞台か、すげえ」

人気のスポットだけあって人は多いし、大勢が眼下に広がる京都の街並みや暖かい色に染まった木々を背景に記念写真を撮影していた。

僕もそれを見て、感嘆の声を漏(も)らす。思っていたより、ずっと高い。木を組んでいるだけ、とは思えない。清水の舞台から飛び降りるという逸話も多く残されているが、普通に死ぬだろこんなの。

「紅葉も相まってめちゃくちゃ良い景色だな」

「何百年も前にできた寺なんだろ？　壊れたりしないよな」

板垣は心配そうに欄干(らんかん)を触っている。そう言われれば、木造はそれほど耐久性に長けているイメージがないのに、どうして何百年も朽ちることなく残っていられるのだろう。

「少なくともまだまだ大丈夫だよ。木は種類によっては千年近く耐久力の落ちないものもあるんだ。勿論、多少は取り替えたりしているんだろうけど。コンクリートや鉄と比べても、木っていうのは優秀な素材なんだよ」

川島は欄干をゆっくりと撫(な)でながら言った。やけに説得力のある発言に、僕は少し驚いた。

「やけに詳しいんだな」

もしかして、僕と同じように何かの雑誌かテレビでそういった情報を仕入れていたのだろうか。授業で習った、ってことはないと思う。

「川島は建築家になりたいんだよな」

高瀬が補足する。川島は気恥ずかしそうに、頭をぽりぽり掻(か)いていた。

「まあ、そんなところだな。昔から建物が好きでさ」

へえ、建築関係か。

建築士になるのであれば、資格やらなにやらを取得しなくてはならないのだろう。川島はそういった大学に進学するんだろうな。はっきりと自分の将来への夢を持っているのは、純粋に羨ましかった。

「俺らの町にも歴史的建造物建ててくれよな、頼むぜ」

と、足立が無茶な期待を押し付けるも、川島は嬉しそうに笑っていた。

その光景に僕は温かい気持ちを覚える。人の夢を楽しみに思えるというのは、すごく大切なことだと思った。僕の中で少しだけ、彼らの印象が変わる。

「そんじゃ、写真撮るかー」

おおーと言いながら、自然な流れで五人は身体を寄せ合う。一番上背のある高瀬がカメラを担当し、スマホの内カメラに全員が収まるよう指示を出した。

「……何やってんだ、藤枝。来いよ」

後方でどう立ち回るべきかと悩んでいた僕を高瀬が見つけて、催促する。そう言われても、本当に行っていいのか？　僕のいるバージョンといないバージョンで撮り分けた方がいいんじゃ、なんて思ったりするが、待たせるのも悪い。

おずおずと五人の傍まで近寄り、自分の立ち位置を探ってみる。

すっと、画面の端くらいに自分の顔が入っているのを確認した僕は、そのままの姿勢でシャッターが切られるのを待った。

写真を撮り終えると、僕たちは本堂を出て音羽の滝へ向かうことにした。本堂を出たところからぱっと見てわかる場所にあるので、迷うことなく進む。

ここでも滝の水を飲むためにそれなりの人数が並んでいた。少し待つことになりそうだけれど、人の会話を聞いていればそれなりに時間も早く進むんじゃないだろうか。

それにしても、僕が修学旅行で誰かと一緒に写真を撮ったのか。

自分のことだけど、何だか面白いな。笑えないことを気にしていた頃の自分に聞かせたら、渋い顔をして目を細めるんだろうな。

写真に入れてくれたことを受け入れてくれたと解釈していいのかはわからない。もしかしたら気を使ってくれただけなのかもしれないけれど、僕はもっと邪険に扱われたり、いてもいなくても同じような扱いを受けると思っていた。

僕の杞憂（きゆう）だったのか、向こうにとっても僕がそれほど地雷じゃなかったのか。どちらにせよ、僕にとってはありがたい話だった。

ぎこちなさは残りつつも、僕は人と関わることに一歩前進できた気がしている。

自分からグループに入れて欲しいと頼み、ちょっと会話をして写真に写り込んだだけのことだけど。

それでも、僕にとっては今まで踏み出せなかった一歩だ。

まだまだ日高さんに背中を押されたりしているけれど、できるだけ自分の力で進んでいければいいと思う。それが彼女に対する恩返しにもなるだろう。

清水寺を出て、坂で土産屋を見た後の予定を話しながら、順番が回って来るのを待つ。

そして僕たちの順番が回って来ると、空いたところから順に足立、川島、源、板垣と続く。

皆それぞれ、話題に上がった通りの水を飲んでいた。足立は欲張って三種とも飲もうとしていたけれど、罰当たりめ、と源に止められていた。

僕の番が回ってくると、殺菌消毒する機械から柄杓を取り、滝から流れる水に手を伸ばして学業成就の水を汲んだ。ゆっくりとその水を飲むと、冷たくて喉が気持ち良い。湧き水なので、季節の影響を受けるのだろう。不純なものが入っていない味がした。

これはご利益ありそうだな、と思っていると、順番の回ってきた高瀬が水を汲んでいるところだった。と、僕はある違和感に気がつく。

「……お前、長寿の水飲むんじゃなかったのか?」

高瀬が飲んでいるのは、恋愛成就の水だ。

僕が言うと高瀬は身体をびくつかせ、危うく柄杓を落としそうになった。

「ばっ、藤枝……見なかったことにしてくれ。頼む」

　僕は別に高瀬が何の水を飲み、何を願っても興味はないんだけど。それより他の奴らがどう思うかだろ、と階段を下った先で待っている彼らを見ると、タイミングよくこちらを向いていなかった。

「あと、あいつらにも言わないでくれ。ぜ…………ったい馬鹿にしてくるから」

「言わないからさっさと飲めよ。後ろつっかえてんだから」

「ああ、悪い」

　高瀬はその水を噛み締めるように味わい、ごくりと飲み干した。抜け駆けなんてせこい真似せず、堂々と飲むと宣言すれば良かったのに。

　ばれた恥ずかしさで慌てたせいか、高瀬の顔は紅潮していた。顔に出やすい奴だな。まあ、良くいえば純粋なんだろう。

「おせーぞ、お前ら。欲張って全部飲もうとしてたんじゃないだろうな」

「それはお前だろ、足立」

「全部は飲まなくても、しれっと恋愛成就の水飲んでたりしてな」

「ああ、高瀬ならやりかねないな」

　戻ったところでも痛いところを突かれて、高瀬は必死に否定していた。それが逆に本当っぽく見えて、完全に墓穴を掘っていた。

僕はというと、その様子を少し離れて見ながらとぼけた振りをしていた。

紅葉に囲まれた道を歩き、行き道で通った土産屋の立ち並ぶ坂を下る。

僕はセオリー通り、このタイミングで土産を買うことにした。他の五人はすでに土産を手にしているので、辺りをぶらぶらと見て回るらしい。

さて、何を買って帰ろうか。

そう思った次の瞬間、頭の中で疑問が生まれる。

お土産を買うって、誰に?

そりゃあ、渡すとなれば日高さんとかだけれど、彼女も明日には京都に来るから僕がわざわざ買う必要はないだろう。みずきもこいとちゃんもあいちゃんも、日高さんと同じ学校だし。

……まあ、一応訊いておくか。

〈同じ京都だし、お土産いらないよな?〉

僕がメッセージを送信すると、すぐに返信が来る。

〈そういうところだよ、藤枝君。そもそもいるいらないを訊いてくる時点でナンセンスだよ〉

お叱りを受けてしまった。

それもそうだよな。いるかどうかじゃなく、あげたいかどうか、なのかもしれない。

僕は悩みながら土産屋をはしごして何か良さそうなものはないかと探す。その中で目に留まったのは、可愛げのある小瓶（こびん）に詰められた金平糖（こんぺいとう）だった。

結局僕は、直感的に良いなと思ったそれを購入した。

見た目も可愛らしいし、疲れた時のちょっとした糖分補給にもなるんじゃないだろうか。淡い色合いが日高さんらしくもあるし。

よし、日高さんへのお土産も買えたし、あとは自分用に何か買って帰ろうか。

そう思って八つ橋やら抹茶のお菓子やらを眺めていると、ふいに親の存在が頭にちらついた。

……お土産を渡すと考えた時に、多くの人は家族が初めに出てくるんだろうな。僕も買った方がいいんだろうか。けど、向こうも別に欲しいとは思っていない気もする。とはいえ一応僕が修学旅行に来られているのは親がその資金を出してくれているからだし。

あげたいかどうか、その言葉が僕の頭で反響する。

少し考えてみたけれど、この場で答えを出すに至らなかった。

迷った末、誰に渡すかも決めていない京菓子を一つと、自分が食べたいと思っていた八つ橋を購入して店を出る。

前に進めた部分もあれば、未だにじたばたともがいている部分もある。

僕は器用じゃないから、全て（すべ）を同じように前に進めることはできなかった。

清水寺を出た後、僕たちは法観寺の五重塔を眺め、その足で高台寺、八坂神社と巡った。

体感では沢山巡った感じがするけれど、検索するととんでもない数の寺がヒットする京都においてはまだ氷山の一角すら見ていないのだろう。

寺を巡った後、かの有名な鴨川を橋の上から眺めた。噂に聞く通り、カップルが等間隔で並んでいた。その光景を眺めている高瀬たちの目は少しだけ淀んでいるように見える。

その後新京極通やらを見て回ったけれど、最後の方は都会の情報量の多さに疲弊して、あまり頭が働いていなかった。僕たちの町の住人を一斉に出歩かせたくらい通行人が多く感じる。

元気だったグループメンバーも、次第にその口数を減らしていった。

宿泊する旅館の集合時間が迫ると、僕たちはスマホの地図アプリを頼りに向かっていく。

旅館に辿り着いて自分たちの部屋に荷物を置くと、すぐに夕食の時間がやって来た。ばたばたと始まった夕食だったけれど、歩き回ってお腹の空いた僕たちは食事に夢中になる。

いわゆる京料理らしい品々は、どれも出汁が効いて旅館の味、といった感じだ。一人用の鍋もあって、満足のいくボリュームだったし、何よりこういう料理は見ているだけでもテンションが上がる。

「いやー、食ったな」

「まじで腹いっぱいだ」

自分たちの部屋で、腹をさすりながら足立と高瀬は寝転んでいた。食い意地の張った二人は、京都らしい雰囲気をぶち壊す程度のおかわりを続けていたせいだろう。

「疲れたとはいえ、まだ寝るには早いよな」

僕は部屋に置かれた時計を見る。時刻はまだ七時半。ほとんどの生徒からすれば、まだまだこれから、って感じだろう。

「というか、もう俺らの風呂の時間だろ。行こうぜ」

旅館には大浴場があり、それぞれ決められた時間にいくつかのグループが集まって入浴することになる。人によっては各部屋に設置されたシャワーで済ませることもあるが、僕も折角なら大浴場で一日の疲れを癒したかった。

いくつかのグループが集まれば顔見知りもいるわけで、僕のグループの人たちは顔見知りたちと楽し気に談笑していた。僕は一人、隅の方で肩まで浸かり、お湯を満喫していた。

時間いっぱい身体を休め、着替えて各自部屋へと戻る。芯まで温もった身体で部屋の畳に座り込むと、僕たちは一息ついた。

僕以外は運動部に属しているのか、各々ストレッチに励んでいる。恐らく日課なのだろう。僕にそういった習慣はないので、壁にもたれるように身体を預けて、ゆっくりと伸びをした。

「さて、何するよ」

高瀬が話を切り出す。

「色々持ってきたんだよな、俺」

板垣は食い気味にそう言ってキャリーケースの中からトランプやらウノやら、定番のカードゲームを取り出す。その他にも表情とカードに描かれた絵を照らし合わせるゲームだとか、水平思考クイズゲームだとか、続々と出てきた。

いや、持ってき過ぎだろ。

特別なイベントで気合が入るのはわかるけれど、ここに全力を注ぐのか。高瀬と足立のキャラが濃くて、三人は割かし普通だと思っていたけれど、案外曲者なのかもしれない。

だとしたら、僕は虎穴に自ら入り込んでしまったことになる。それで虎子が得られるのならいいのかもしれないけれど。いや、この場合の虎子って一体何になるんだ？

まあ、現状これといって困ったことはないし、それどころか皆適度な距離感を保って僕に接してくれている。何気なくそうしているように見えるのだから、僕は他人事のように感心してしまっていた。

話し合いの末、選ばれたのは王道中の王道であるトランプだった。板垣は他のゲームのことも熱弁していたけど、それも多数決の前では儚く散った。

「んじゃ、やるぞー。藤枝も来いよ」

またしても、高瀬は僕に声をかける。あんまり僕に気を使い過ぎても、周りが良く思わなかったらそれは悪手なんだぞ。そう思って輪を作っている彼らの方を見てみると、そこに妙な隙間があって僕は違和感を抱く。

なんだ、あの隙間。と、考えて可能性に思い当たる。

もしかして、僕が入る隙間を開けているのか？　いや、偶然できた隙間かもしれない。高瀬の隣に隙間ができるのならまだわかる。だけど、足立と源の間に隙間ができている、というのが僕を惑わせた。

「何やってんの？」

足立が怪訝な目で僕を見る。

「いや、悪い。行くよ」

その視線につられて、僕はとりあえずその隙間に入り込んだ。

「大富豪でいいか？　負けた奴がジュース買いに行くってことで」

「おごり？」

「いや、金はそれぞれ出せよ」

一瞬ひやっとしたけど、拍子抜けするくらい健全な遊び方だった。

カードが配られ、ローカルルールの確認があって、すぐにゲームは始まる。カードが配られている間も、ゲームが始まってからも、僕の頭は自分の身の回りに起きている変化について考えずにはいられなかった。

さっきの隙間、あれは皆が僕のことを多少なりとも受け入れたことの証明になるのだろうか。いや、考えてみれば普通に話を振ってくるし、清水寺では写真にも入った。深読みの上の、単なる希望的観測なのかもしれないけれど。

僕は胸が満たされるのを感じ、視線を上げて息を吐いた。

今まで、自分みたいな人間がグループの輪に入り込むなんて、迷惑極まりないことだと思っていた。いや、もしかしたらこの五人がたまたま物凄く良い奴らだっただけという可能性もある。けれど随分と久しぶりにグループで行動して、閉じていたはずの扉が再び開いたように思えていた。

大げさ過ぎるかもしれないけれど、それくらい僕は嬉しかったんだと思う。

……なんて思っていたら、いつの間にか僕の手札は窮地に立たされており、いとも簡単に大貧民へと陥落してしまった。思考が完全に別方向に飛んでいたので、仕方ない。

「じゃあ、買ってくるよ」

敗北した僕は約束通り、皆からお金を受け取る。とりあえず代表で川島が千円を僕に渡し、その他の人は川島へ小銭を渡した。僕はその千円を握って、部屋から出る。廊下を抜けた先にある休憩スペースに自販機があるのは、部屋に来る時に確認していた。

廊下にはほとんど人気(ひとけ)がなかった。皆、それぞれのグループで部屋に集まり遊んでいるのだろう。休憩スペースに到着すると、大雑把に注文されたものを思い返す。五人分を曖昧な記憶で購入した後、僕は自分の飲み物を選んでいた。

「ふじえだあー」

気の抜ける声を出しながら、貧民のはずの高瀬がやって来た。

一体何をしに来たんだろう？

「貧民にも罰が与えられるのか？　世知辛いな」

「六人分を抱えて戻って来るのは大変だろってことで、俺も行って来いってさ。折角頑張って大貧民を回避したのに、何で俺がこんな仕打ちを……」

ぼやきながら高瀬は、購入したペットボトルを置いてある机の前のソファに腰かけた。僕も適当にお茶を購入して、高瀬と向き合うようにソファ椅子に座った。

「なあ、どうだ？」

「どうだって、何が？」

「あー、なんて言うか。あいつら悪い奴らじゃないけど、結構言い方が直接的なことあるからさ。だからまあ、気を悪くしてないかなと思って。折角藤枝から声をかけてくれたんだし」

突然真剣な顔で高瀬が言い出すから、僕は一瞬戸惑った。僕はじっと、その目を見つめる。同情とか、弱い者に向ける目とは違うように感じた。

「ああ、まあ不快になったのはお前と同レベル扱いされた時くらいだ。だから、まあ、それ以外はそんな風に思っていない」

「そ、そうか。気を悪くしてないならいいんだ。って、さりげなく滅茶苦茶失礼なこと言ったか、今」

僕はやや前屈みになり肘を太ももに置いて手の平を合わせ、人差し指を額に、親指を顎に当てる。それから深く息を吐いて、続けた。

「むしろ、ちょっと楽しかったかもしれない」

「え？」

「僕を見てればわかるだろ。こうやってグループで同じものを見て話をするなんて、そうないことだから。たまにはな」

僕の言葉に、高瀬は心底驚いた顔をする。それから少しして、高瀬は笑みをこぼした。

「楽しいと思ってくれたのか……。何かこみ上げてくるものがあるな」

「僕だって楽しいと思うことだってあるさ」

そう、最近は特に。

笑えなくなった時は、何を前にしても味気なかった。砂を嚙むような日々が続く中で日高さんと出会い、この夏をきっかけに僕の中に少しずつ変化が生まれたのを自覚していた。楽しいと思うことなんて、それまでは当たり前じゃなかったのだ。僕が自分自身でそれに蓋をしていたのだから。

高瀬は何かを考える素振りをした後、ぽつりと呟くように言った。静かな声だったけれど、それは確実に僕に向けられている。

「俺さ、ずっと気になってたんだよ。どうして藤枝は一人でいるのかって」

「今年は日高さんとよく会ってるけど」

「いや、そういうことじゃなくてだな。学校での話だよ」

「僕は不愛想だし、人付き合いも得意じゃないからな」

「俺は絶対それだけじゃないと思う。人が藤枝に近寄らないいんじゃなくて、藤枝が人を遠ざけてたんだよ。一年で同じクラスだった時からそうだった。何でこいつは自分を縛るような真似をしているんだってな」

　高瀬は語り出す。小さな沈黙が流れ、僕は窓を叩く雨音に気がついた。

「別に、好きでそうしていたわけじゃない。というか、どうしてそんなに僕のことを気にしてるんだよ。一年の時同じクラスってだけで大した接点もなかったし、そもそもやたら話しかけてきたのは何だったんだよ」

　高瀬の推測は、概ね合っている。馬鹿だけど、本質を見抜く力はあるのかもしれない。だけど、その推測と一致しているのは少し前までの僕の話だ。

「教室にいたらつい色んな人のことを見ちゃうだろ。ぼうっと眺めていて、たまたま藤枝が目に留まったんだよ。いや、その時じゃなくても、いつかは絶対留まっていた。だってお前、教室にいる他の誰とも違う顔をしてたからな。どうしても気になって話しかけたんだ。相手にされなかったけどな……」

　高校に入ったばかりの頃は、本当に誰とも話すつもりがなかったからな。そもそも、僕がまとっていた雰囲気を見て話しかけてくる人間なんていない。

「知らない人間が理由もわからないままに話しかけてくるんだから、そりゃあ警戒するだろ。何回無視しても話しかけてくるし、知らない奴の身の上話ばかり聞かされるんだからな」

「仕方ないだろ、それしか話のタネがなかったんだから。返答のない会話がどれだけ難しいか知ってるのか？　……まあ、それでも話しかけてたのは、やっぱり藤枝と話してみたかったからだと思う」

それはつまり、何か目的があるとかじゃなくて、ということだろうか。だとしたら、高瀬はとんだ変わり者だな。変な奴だとは思っていたけれど。けどまあ、悪い気はしないでもない。

「……お前って、そういうところあるよな」

「何だよ、そういうところって」

「いや、何でもない。それで、話してみて何か実りはあったのかよ」

それほど苦労してまで話すほどの価値は、僕にはないと思う。特別な能力を持っているわけでもないし、巧みな話術を身につけているわけでもないのだから。

「気づけたことならたくさんあるんだ。俺は藤枝に対して、どうしてもっと上手くやれないんだろうって思っていたんだけどさ。それと同時に少し羨ましくもあったんだよ」

「羨ましいところなんてないと思うけど」

僕の学校生活を知っていて、一体どこを羨ましいと思うんだ。

どちらかといえば、それは僕のセリフだろう。

「嘘（うそ）じゃない。藤枝ってさ、ぶれないだろ？　変に相手に合わせることはしないというか。常に等身大の自分でいるんだよな。それが俺、すごく羨ましくてさ。ああ、地に足ついてるってこういう奴のことを言うんだ、って」

「……僕はそんな大した人間じゃない」

僕は高瀬の言葉を遮（さえぎ）る。開きかけた口を閉じて、高瀬はじっと僕の目を見た。窓を叩く雨の音が強くなる。この雨は今夜中に止（や）むのだろうか。

「外からはわかりづらいのかもな、僕って表情が豊かじゃないから。けど、残念ながら僕の心の内はよくぶれてる。迷うことだって多いし、感情的にもなる。……特に日高さんのこととなるとな。だからまあ、見せかけなんだよ」

初めてじゃないだろうか、高瀬にこんな風に本音を話すのは。

自分がこういう人間です、と自分から開示するのは思っていた以上に恥ずかしいものだった。だから、それを話したということは、僕が高瀬になら話しても良いと思ったことの表れでもある。

「何だか、初めてまともに取り合ってくれた気がするな」

高瀬はふっ、と小さく笑った。

僕は乾いた口を潤すために、自分用に買ったお茶のペットボトルを開け、一口飲む。

「けど、最近の藤枝はやっぱり変わったと思うんだよな。俺たちのグループに入りたいって言われた時は滅茶苦茶驚いたし。それに、何だか表情も穏やかになったような気がする。前はもっと、世の中のほとんどを見限ったような目をしてたぞ」

そんな酷い目をしていたのか、僕は。

もしかしたら僕の内面が人に伝わっていたのは、表情だけの問題じゃないのかもしれないな。それに、それを読み取ってくれる人というのはちゃんと僕のことを見てくれているのだ。

「そういう時もあったかもな」

「いや、割と最近までそうだったろ」

僕はすっとぼけて見せる。

今になってようやく気がつくなんて、間抜けなのは僕だったみたいだ。

意味がわからないとか、理解ができないとか、そうして相手を自分と違うものだと決めつけ目を背ける。僕はずっと、その狭い視野に囚われていたのだ。

「やっぱり日高さんの影響なんだろうなあ。いいなあ、藤枝には日高さんがいて」

「……お前、まだ」

「違うって、落ち着けよ。別にもうそんな風に思ってないって。でも羨ましいんだよなあ、お互いを高め合う関係、的な？　俺も新しい恋、探さないと」

と、高瀬は自分の世界に没入していく。その目は遥か遠くを見ているようでもあった。

高瀬と日高さんの間にも色々あったけど、あの時は僕と日高さんの方にひと悶着があった。

一方的に僕が悪かったんだけどな、あれは。

なんせ、あの時の僕には日高さんしかいなかったから。

彼女のことを知るのに必死で、間に入ってこようとする高瀬に、それを受け入れようとした日高さんに、馬鹿な自分に腹を立てていた。

もっと話していれば良かったんだ。

日高さんとも高瀬とも、ちゃんと気持ちを言葉にして。

勝手に他人をどういう人なのか決めつけて、話すことから逃げて、抱えきれなくなったものを吐き出してしまったのが以前の僕だ。

罪悪感にも似た感情が、僕の中からにじみ出てくる。

今更それを言葉にしたところで、何にもならないのかもしれない。僕がするべきことは、今まで目を逸らしてきたものと向き合うことだ。

「悪かったな」

雪解け水が流れ出すように、言葉が漏れた。

同時に、僕は高瀬に感謝もしている。それは、これから向き合う中で示していけばいい。

「ん、今何か言ったか?」

どうやら高瀬の耳には届かなかったらしい。僕は強く目を瞑（つむ）って息を吐き出す。

「何でもない。…………ほらよ」

僕は机の上のペットボトルから一本取って、それを高瀬に向けて放る。唐突かつ至近距離でのパスだったが、高瀬は見事にキャッチしてみせる。

「おまっ、これ炭酸だろ！」

「貧民が文句言うなよ」

「うるさいぞ大貧民」

僕からの気持ちと、ささやかな抵抗のプレゼントだ。放ったといってもそれほど強い刺激は加わっていないと思うので、大丈夫だろう。……多分。

僕たちが言い合っていると、部屋で飲み物の帰りを待っていた四人が様子を見に来た。

「遅いぞー、何やってんだ？」

「ああ、悪い。ちょっと藤枝と話しててな」

「何？　恋バナ？」

四人は高瀬と合流するなりわちゃわちゃと騒ぎ出す。

本当、こいつら仲良いんだな。多数の人間は青春というと恋愛に思考が流れていくけれど、こういうのもれっきとした青春だよな。一応僕もその中にいるというのが、少し不思議で面白かった。昔の僕が見たら、一体何があったんだよ、と驚くことだろう。

眩しささえ感じる光景を前に目を細めて眺めていると、ポケットの中でスマホが振動したのに気がついた。僕はそれを取り出して、画面をつける。

〈男子って、枕投げとかするの？〉

日高さんの間の抜けた質問に、僕は脱力した。表示される彼女の名前が、送信された文章が、僕の心を温かくする。

今年の僕はやけに運がいいというか、こんな満たされた気持ちになって本当にいいのだろうか。空っぽだった期間が長かったせいで、少し心配になる。

〈知らないけど、ペットボトルは投げた〉

〈え？　それ、危なくない？〉

〈今日はお賽銭も投げたし、歩いて投げての繰り返しだったよ〉

〈そっか、やっぱり京都といえば神社仏閣だよね。私も早く行きたいなあ、京都〉

〈明日だろ。寝ればすぐ来るさ〉

〈私、遠足の前は寝れないタイプなんだよね〉

ぽちぽちと日高さんから送られてくるメッセージに返信していると、ふいに辺りが静かになったことに気がつく。不思議に思い顔を上げると、さっきまではしゃいでいた五人が静かに僕のことを見ていた。

「スマホばっか見て、何してんの？」

その視線がやたらと冷ややかであるのを察して、僕は肝を冷やす。まずい、気に障ったか。

「いや、これは、その、連絡が来てたから返信してただけで」

「連絡だあ?」

じりじりと、高瀬が詰め寄ってくる。今の今まで四人と騒いでいて僕のことなんて気にも留めてなかったのに、急にどうして怒りの矛先(ほこさき)が向いてきたのだろう。距離を取ろうにも、僕は座ったままだったので、どこにも逃げ道はない。

「おい藤枝、どうせ日高さんなんだろ?」

「いや……うん、そうだけど。それがどうしたんだよ」

「日高……さん? もしかして、女子か?」

「女子だ」

足立の問いに高瀬が答える。

何だよ、日高さんが女子だからどうしたんだよ。僕が疑問に思っていると、足立と高瀬の合図で源、川島、板垣が僕の身体を拘束する。

「おい、何だよ急に!」

抵抗するも、男三人に押さえられてしまってはどうしようもない。僕の身体の自由は一瞬にして奪われ、そのまま椅子から立たされる。

「部屋に連行しろ」

身動きの取れないまま、僕は廊下を歩かされた。なんでこんな囚人みたいな扱いを受けなくてはいけないのか。僕はきっ、と高瀬を睨(にら)む。

同じ京都だし、お土産いらないよな？
そういうところだよ、藤枝
そもそもいるいらないを訊い
る時点でナンセンスだよ
男子って、枕投げ
ないけど、ペットボト
た。
知らないけど、ペットボトルは投げた。
21:48
既読
21:48
既読
今日はお賽銭も投げたし、歩いて投げての繰り返しだったよ
21:50
そっか、やっぱり京都といえば神社仏閣だよね。
21:51
私も早く行きたいなぁ、京都
21:51
明日だろ。寝ればすぐ来るさ
21:52

「悪く思うなよ、藤枝。俺たちの間では、抜け駆けは許されないんだ」

妙に格好つけた口調で言いながら、前だけを見ていた。

こいつらが女子と連絡を取っていることにこんな反応を示すなんて、思ってもいなかった。別に付き合っているわけでもないんだから、潔白なんだけどな。飢えた獣というのは恐ろしいものだ。

……いや、待てよ。

格好つけたセリフを言っていたけど、こいつ一人で恋愛成就の水飲んでただろ。おい、抜け駆けは許されないなんて、どの口が言っているんだ。ふざけるな。

「お前も恋愛じょっ」

と高瀬の悪行を告発しようと試みたが、話は署で訊くから、とあしらわれてしまった。署ってどこだよ……。

僕はそのまま連行され、部屋で日高さんとの関係について詰められた。

まあ僕の話は単なる取っかかりに過ぎなくて、すぐに話題は好きな人がいるのかどうかなんてありきたりなものへと変わっていった。ありきたりだけど、やっぱり盛り上がるんだろうな。

僕はそれを聞き流しながら、外の景色を眺めたり、時折来る日高さんからのメッセージに返信をしていた。もう、僕と日高さんがやり取りしていることに突っかかって来る奴はいなかった。自分たちの話に夢中なのだろう。

話が一段落したところでタイミングを見計らい、高瀬のしたことの告発をした。やられっぱなしで終わってたまるものか。慌てふためく高瀬は瞬く間に布団を巻き付けられて、僕よりも酷い拘束のされ方をしていた。身動きの取れない高瀬に、皆は口を揃えて、やると思っていた、と口にしていた。高瀬のしそうなことなんて、お見通しだったわけだ。

少しして巻き付けられた布団から脱出した高瀬は、腹いせに枕を投げ始める。次第にそれはヒートアップして、当然のように枕投げが始まった。

〈男子はするみたいだ〉

僕は一応、日高さんに報告しておく。まさか、とは思ったけど、ちゃんと始まるものなんだな。皆笑顔を浮かべつつも、それなりの勢いで枕を投げ続ける。どれだけ体力が有り余っているんだろうか。

〈何が？〉

行き交う枕をよそに、僕のスマホの画面に日高さんのメッセージがポップする。

枕投げ、と返答しようとしていたら、流れ弾が僕の顔面に当たった。一瞬、部屋に流れる時間が止まる。

その枕を投げ返したかどうかは、はっきり覚えていない。気がつけば僕たちは、糸の切れたマリオネットのようにその辺りに横たわって眠りについていた。

3.5 彼女たちもまた青春の中にある

「どこ行こうね？」

「お寺や神社も良いけど、折角なら美味しいものも食べたいよね。特に抹茶のスイーツとか、京都はＳＮＳ映えするのもたくさんありそうだよね」

こいとちゃんの問いかけに、あいちゃんはそう答える。

「こいとのＳＮＳはこの町に住んでるにしてはきらきらしてるけど、こんな冴えない町のどこにそんなのがあるの？　私、見たことないんだけど」

「私は結構遠出してカフェ巡りとかしてるよ。それに、案外画像加工でどうにかなるものなんだよね」

「こいとちゃん、あんまり甘い物の食べ過ぎは良くないんだよ。将来高血圧や糖尿病のリスクも増えるんだから」

「えー、夢なさすぎだよあいちゃん」

「咲良は？　修学旅行行きたいとこあるの？　……咲良、咲良？」

「…………えっ？　あ、ごめん。なになに？」

みずきの数度目の呼びかけで気がついた私は、慌ててスマホの画面を閉じる。全然聞いていなかったから、話の筋がわからない。

私たちは放課後教室に集まって、修学旅行前の計画会議をしているところだ。修学旅行はもう目前に迫っている。当日ばたつかないように、今からある程度の計画を立てておいた方がいいというあいちゃんの発案で始まった会議だった。

「日高(ひだか)さん、最近よくスマホ見てるよね」

こいとちゃんがにやにやしながら私のことを見てくる。私は困ったように笑うしかなかった。

「どうせまたアイツでしょ」

「アイツって?」

「日高さんの彼氏だよ」

「いやいや、そんなんじゃないよ……」

たまにこうやっていじってくるんだよね、こいとちゃん。まあでも、初めに比べると随分打ち解けられたのかもしれない。

「えっ、付き合ってなかったんだ」

「えっ、付き合ってると思ってたんだ⁉」

あいちゃんがそんなことを言い出すものだから、驚いてしまった。え、もしかして私と藤枝(ふじえだ)君、そういう風に見られているのかな。

「いや、どう見てもいちゃついてるでしょ」

みずきの言葉にこいとちゃんもうんうんと頷いて同意する。

「い、いちゃついてるつもりはないんだけどな……」

「別に良いと思うよ。今更って感じだし」

「いやいや……」

「そういう感じだと思ってたけど、違うの？」

飛び交う私たちのやり取りにあいちゃんは惑わされているようで、何が事実なのかこんがらがっている様子だった。

「駄目だよあいちゃん、そんな野暮なこと訊いたら。好きに決まってるでしょ」

「えー、いやあ、それは……」

自分のこういった話が話題に取り上げられることなんて経験にないので、私は反応に困ってしまう。

私が藤枝君のことを……好き、かもしれないのは確かにそんなことはあると言えばあるし、ないかと言われればそんなことはないかもしれない、といった感じだ。その気持ちを言葉にするのは恥ずかしいし、それと同時に少し怖くもある。

気持ちをはっきりさせることは、同時に関係性をはっきりさせることでもある。

私の抱いている気持ちを、藤枝君に聞いて欲しくもあったし、逆に藤枝君がどう思っているのかも訊いてみたくもあった。けれど答えを出してしまえば、きっと今の関係のままではいられなくなってしまうだろう。

それに、今のままの私にそんなことを思う資格があるだろうか。

人を好きになるのにそんなもの必要ないのはわかっている。だから、これは私自身の気持ちの問題だ。少なくとも私は、今のままで藤枝君に思いを伝えようとは思わない。私は藤枝君に、ヴァイオリンを弾く姿を見てもらいたい。

気持ちを伝えるとしても、その後だ。

「なんか青春って感じだよね。茶化しちゃったけど、私は応援してるよ」

「ふふ、ありがと」

こうして私の背中を押してくれる友人もいる。一人じゃないんだと嬉しくなるし、私は本当に人に恵まれているな、とも思った。

あとは私の頑張り次第、か。

「さっきの話の続きなんだけど、咲良は京都で行きたいところある？」

「あ、行きたいところね」

ううん、と私は少し考え込む。行きたいところかあ、と色々な場所を頭に思い浮かべているうちに、思考は藤枝君はどこへ行くのだろうということへ移っていく。……いけないいけない。

「八坂神社……とか？」

「八坂神社っていうと、縁結びで有名だよね」

「いいねいいね。ちょっと歩けば八坂庚申堂っていうフォトジェニックで人気なスポットもあるよね」

へえ、と感心しつつ、皆は八坂庚申堂を検索し始める。確かに見栄えが良くて、何だか可愛らしい感じのお寺だ。

「私たちも日高さんを見習って、良縁を見つけに行こっか」

ふふふと笑ってこいとちゃんは言う。けれど、みずきもあいちゃんもご利益自体にはそれほど興味がなさそうだった。

だからと言って、二人はそれを否定するわけでもないし、この四人ならどこへ行っても楽しめるんだろうな、と私は安心して思った。

京都には、藤枝君も一足先に行っている。

もしかしたら、なんて淡い期待を抱いてしまうけれど、私はそれを抑えようとは思わなかった。最後の修学旅行で、藤枝君と同じ思い出を共有できると考えたら、それは本当に嬉しいことだったから。

「楽しもうね、修学旅行」

みずきもこいとちゃんもあいちゃんも、そして藤枝君も。

全部まとめて、一つの大切な思い出になるよう、全力で楽しみたいと思った。

あおとさくら

4 その末の、今の僕

疲労で半ば寝落ちするように睡眠に至ったものだから、変な時間に目が覚めてしまった。暗がりの中でスマホの画面をつけると、時刻は午前四時を示していた。起きるには早い気もするし、二度寝するにも目が冴(さ)えてしまっている。

「さむっ」

僕は身体を起こして、自分のカバンからパーカーを取り出して羽織る。それにしても、京都の秋は冷えるな。僕は腕をさすりながら、障子を開けて広縁に置かれた椅子(いす)に腰かけた。

外を眺めてもそこに広がるのは薄っすらとした暗闇(くらやみ)ばかりで、京都の街並みをはっきりと見ることは叶(かな)わなかった。それでも、こうして他人がいる部屋で朝を迎えると、いつもの日常から離れた空間にいるのだと強く認識する。雨はもう、止(や)んでいるようだった。

さて、皆が起きるまでどうしたものか。

僕は少し考えた後、財布を持って自販機へ向かった。部屋に電気ケトルは設置されていたけれど、音で皆を起こしてしまっても悪いだろう。当然、廊下に人気(ひとけ)はない。昨日聞こえてきた楽し気な話し声も鳴りを潜(ひそ)めている。とても静かな朝だ。

自販機で買った温かいお茶を手に部屋へ戻り、再び広縁の椅子に腰かける。廊下を歩いているうちに、頭は完全に冴え切っていた。

僕は持ってきていたメモ帳に、京都に来てから思ったことや感じたことを書き記していく。いつからか、こうしてメモを取ることが習慣になっていた。冬が寒いのは当たり前だけど、同じ寒さでも場所や時間によってその様相は変わる。そういうのって、感じた時に書き残しておかないと案外忘れてしまうものなんだよな。

かりかりとボールペンを走らせる音が、部屋に響く。月明かりの差し込む広縁だけが少しだけ明るく、それを頼りにメモを書いていた。泥のような重たい眠気もなく、すっきりと目が覚めたので、今日はなんとなく良い日になりそうな予感がした。

一通り書き終えると、僕は小説用のノートを開いた。これも、基本的にいつも持ち歩いているものだ。

思いついたネタやプロット、文章、セリフ。そういったものが乱雑に並ぶページに目を通していく。たまに当時の自分が何を思って書いたのか一切思い出せないものがあったりして、案外面白い。

はあ、と大きく息を吐いて僕はペンを握る。

行き詰まってしまった二作目は置いておいて、短編でも書いてみようか。もしかしたら何かのヒントが見つかるかもしれないし、そうでなくとも気分転換くらいにはなるだろう。

小説の気分転換に小説なんて、ちょっと小説家っぽいな。

そう思いながら、僕は思いつくままに文章を書き出していく。設定もストーリーも曖昧なまま、少しずつ形を切り出していくように。

そうだ、登場人物を同じグループの皆にしてみるか。

と、僕は五人をモチーフにキャラクターを肉付けしていった。書きながら気がついたけれど、主要な登場人物が五人も出てくれば短編の枠に収めるのは中々難しいのではないだろうか。

……まあ、いいか。

どうせ、勢いで始めた気分転換みたいなものだ。クオリティがどうこうよりも、僕が楽しければそれで良い。

早朝の旅館で執筆していると、何だか自分が昔の文豪になった気分がしてくる。それも相まって次第に興が乗り出した僕は、調子よく物語を進めていった。

夢中になって書いていると、和室の方でごそごそと音が聞こえてきた。そちらを見やれば、隅の方で眠っていた誰かが身体を起こし、立ち上がろうとしていた。

その人影は僕のことに気がついたのか、転がっている人たちを避けるように歩き、こちらへやって来る。

「早いな、藤枝」

起きて来たのは板垣だった。「ああ、目が覚めてな」と答えるも僕は少しだけ気まずく思う。

修学旅行を通してそれなりに言葉を交わしたものの、二人で会話するというのは初めてのことだった。寝ぼけ眼をこすりながら、板垣は僕の向かい側の椅子に座って来る。おお、座るのか、と悟られないように動揺した。

「それにしても寒いな、京都は」

「盆地だからだろうな」

「盆地だとなんで寒いんだ？」

「わからないけど、盆地は夏は暑くて冬は寒いってよく言うだろ」

「そうなんだ」

他愛のない盆地トークを交わした後、予想通りの沈黙が訪れる。板垣も気まずく思っているのだろうか。それとも、ただ眠いだけなのかもしれない。

僕は沈黙を埋めるように、手元のお茶を飲む。執筆しているうちに、すでにぬるくなり始めていた。

「いいな、温かいお茶」

「自販機に売ってるよ」

「出るの寒そうだし、めんどくさくないか？」

「僕はあんまり抵抗ないけど」

そうする他なかったしな。自販機のある休憩スペースは歩いてすぐのところにあるし、買いに行くといっても一瞬の話だ。

板垣はぼうっとした顔で和室の方を眺めた後、立ち上がって電気ケトルの電源をつけに行った。いや、別にいいんだけど。起こしてしまうとか気にしないのだろうか。

それほど大きな音が鳴るわけでもないが、やはり朝の静謐（せいひつ）の中でそれは少なからず響いていた。お湯が沸くのを待っている間に、板垣は湯呑（ゆのみ）とパックに入ったお茶の粉を用意する。お湯が沸くがいなやこぽこぽと湯呑へとそれを注（そそ）いでいた。

電気ケトルの振動や、足音、湯呑をことりと机に置く音のせいか、また一人誰かが目を覚ました。起き上がった影は、やはり明るくなった広縁にやって来る。次に目を覚ましたのは足立（あだち）だった。

「お前ら早起きすぎだろ」

そうは言うものの、すでに時刻は六時を迎えようとしている。そろそろ皆起き出す頃ではないだろうか。朝食の時間は決められているので、それに間に合うように起床して準備しなくてはいけない。

「おはよう足立、飲む？」

と、板垣は足立に温かいお茶を勧める。飲む、と即答した足立は和室の畳に座り込み、板垣がお茶を入れてくれるのを待っていた。

畳の上には布団（ふとん）が散乱しており、机は壁に立てかけられていたので、湯呑を置く場所がない。

足立は再度立ち上がって、寝ている人間のことなど気にすることもなく部屋の明かりを点けた。一気に部屋の中は明るくなり、目が順応するまで少し時間がかかる。こいつら、寝ている人間に容赦ないな。

急に明かりを点けられたら目が覚めるのも当然のことで、川島（かわしま）、源（みなもと）ものそのそと起き上がって来る。枕（まくら）を抱いたまま寝ている高瀬（たかせ）だけが残った。

「滅茶苦茶気持ち良さそうに寝てるな」

「朝飯まではまだ時間あるし、寝かせとけばいいだろ」

寝ている高瀬はそのままに、起きた人たちはそれぞれの布団を片して身支度を始めた。各々顔を洗ったり歯磨きをしたり寝癖を直したりして、朝食までの時間を過ごした。結局高瀬が起こされたのは朝食の集合時間ぎりぎりで、跳ねた短い髪の毛を直す暇もなく朝食の会場へ向かうこととなった。

〈そっちはもう出発したのか?〉

〈うん！　お昼前には京都に着くと思うよ。昨日は楽しみであんまり寝られなかったから、移動中の車内で寝ちゃうかも〉

〈みずきにでも起こしてもらえばいいよ〉

〈こういう時、みずきも寝ちゃうんだよね……。こいとちゃんとあいちゃんにお願いしてみ

よ！〉

日高さんは予想通りの四人でグループを組んだみたいだ。文化祭以降も仲良くしているようで、僕は安心する。

〈そうしなよ〉

〈藤枝君を見つけ次第、捕まえるね！〉

〈僕は野生のモンスターか何かなのか〉

見つけ次第、か。

僕も多分、日高さんの姿を見かけたら追いかけてしまうのだろう。そんな都合の良い展開、そうそうないと思うけれど。

「藤枝、行くぞ」

日高さんとメッセージのやり取りをしていると、高瀬が声をかけて来る。二日目のグループ行動の始まりだ。今日は嵐山の辺りを散策する予定になっている。

電車に乗り、京都市街地から遠ざかること二十分程度で目的の駅に到着した。

一口に嵐山といっても、観光名所は色々とあるらしい。僕たちはまず渡月橋に向かい、その後天龍寺へと進んだ。

昨日は市街地の方で一日を過ごしたせいか、雄大な自然に囲まれた景色に心が穏やかになるのを感じる。紅葉した山々も綺麗だけれど、夏の青々とした景色も良いのかもしれない。

川のせせらぎや天龍寺の静謐な雰囲気をまとった庭園に心を休めていると、やっぱり僕はそれなりに自然のある町が好きなのかもしれない、と思った。

都会の喧騒でアンテナを張るよりも、自然の風景の中に身を任せる方が、自分の中の創造性に豊かさが生まれる気がする。少なくとも僕は、情報の波の中で生きていくにはぼけっとし過ぎているから。

そう考えると、日高さんは僕よりも都会が似合っている気もするな。けれど、ヴァイオリンを弾く彼女の姿を想像した時に思い浮かぶ情景はいつもあの山の景色だった。それほどあの景色と日高さんの組み合わせは印象に残っている。

「次、竹林行くかあ」

一つ一つの観光場所自体はそれほど離れているわけでもないので、僕たちは引き続き目的地へと歩き出した。

「嵐山といえば竹林のイメージだよな」

その通り、竹林の小径は嵐山の人気スポットの最たるものである。

辿(たど)り着くやいなや、遊歩道の両脇(わき)に立った背の高い竹が僕たちを迎える。その景色に圧倒されながら、僕たちは竹のトンネルの中へと進んでいった。

「神秘的って感じだな」

「まあ、こんな背の高い竹に囲まれることなんてないしな」

並び立つ竹の隙間から太陽の光が差し込んで幻想的な景色を作り上げていた。所々に紅葉した竹以外の植物があることで、景色に緑と暖色のコントラストが生まれている。

それぞれつかず離れずの距離感で竹林の景色を楽しんでいると、僕は道中で見覚えのある後姿を見かけた。

「また一人なのか？」

僕は一人、空に向けて伸びる竹を眺めていた夏目に声をかける。

「藤枝、また会ったなあ」

夏目は小さく笑って言う。僕はジェスチャーで高瀬たちに先に行っててくれと伝える。

「グループの皆は？」

「今渡月橋辺りちゃう？」

「え、近くにすらいないのか？」

僕は驚いて聞き返した。流石に同じ場所で別行動をしているのだと思ったけれど、違うみたいだ。……大丈夫なんだろうか。

「……なあ」

「ちゃうよ。うちから離れたんよ。一人でいるのは自分の意思やわ。離れてるといっても同じ嵐山やし、電車で移動する時に集合しよってことで話はついてるから」

夏目は僕の言葉を遮る。僕が言おうとしたことを察したのだろう。

心配する僕の顔を見て、夏目は何でもないように笑った。

「……そうか」

けど、そこまでして離れる必要があるのか？

と、思った後で気がつく。自分も去年までそうだったじゃないか、と。自分のためでもあり、他人のためでもあるという言い分を腹の中で抱えて、言い聞かせていた。一人でいるのは、自分の選択したことなのだと、自分で張った虚勢に縋るように。

いつからか忘れてしまっていた感覚を思い出して、胸がちくりと痛んだ。

「あのさ、そんなに無理矢理距離を取ろうとしなくてもいいんじゃないか？」

「何が？」

ちら、と見せた夏目の冷たい瞳に、僕は少しだけ怯む。目の奥に潜む陰と抑揚のない声が、一瞬で僕たちの間に線を引く。それでも僕は、言葉を続けた。

「多分だけど、無理に距離を取ったってあまり良い方には転ばないと思う。なんていうか、苦しくないか？」

「……ふうん、あんたはそっち側なん？　私は別に苦しいなんて思わへんけど。良いとか悪いとかやなくて、自分がどうしたいかやろ。それで幸せになろうが不幸になろうが自由なんちゃうか」

「いや、まあ、どうするかは夏目の自由なんだけどさ。……難しいな、何て言えばいいのか」

言葉に詰まった僕を、再び冷たい視線で夏目は見た。

僕は言葉に困って黙る。自由という言葉を持ち出されてしまったら、僕にはもう言えることがなかった。自分が息苦しかったからといってそれを他人に押し付けるのは、単なるエゴなのかもしれない。

何も言えないまま冷たい視線を見返していると、少しして夏目は相好を崩した。

「あはは、そんな真剣な顔せんといて。ちょっとからかってみただけ、ごめんごめん」

唐突に相好を崩した夏目は、僕の肩を軽く叩いた。その変わりように、僕は言葉を失う。

日高さんの時もそうだったけど、女子って怖いよな、本当。

「別にそんな大した話じゃないんよ、ほんまに。あんたが言いたいこともちゃんとわかってるよ。うちが言いたいのは、誰とでも仲良くする必要はないんちゃうか、ってこと。無理に気を使って、折角始まった関係の終わりにビビりながら生きる方がしんどいやろ。なら、始めなければええ、やろ?」

「え、ああ……確かにな」

「そそ、そういうことやから。気にせんといてや」

夏目はおもむろに歩き始める。その隣を僕は並んで歩いた。僕より少し背の低い夏目を横目で見る。長いまつげにはっきりとした目鼻立ち。見方によっては意地悪そうにも見える表情も、むしろそれが彼女の魅力の一つに思える。

話してみても悪い人ではなさそうだし、男女問わず好意を抱かれると思うんだけどな。

そういうのを跳ねのけて、夏目は生きてきたのだろう。

苦しくないと夏目は言ったけれど、本当にそうなのだろうか？　一人で大丈夫な人間が、気まぐれで人に話しかけてはこないと思う。僕はどうしても、夏目が自分の気持ちに蓋をしているように思ってしまう。

夏目は恐らく、僕に自分と近しいものを感じたから話しかけてきたんだと思う。

確かに、人を避けて生きてきたという点で僕と夏目は共通している。僕も、夏目を以前の自分と結びつけているから彼女のことが気になるのだろう。

ちら、ともう一度夏目のことを見る。何も言わず歩くその横顔は、どこか遠くを見ているようだった。

「僕も、ずっと夏目みたいに生きてきたんだ」

「うちみたいに？」

夏目は怪訝な顔を僕に向ける。

「そう。何を知ったような口利いてるんだと思うかもしれないけど、僕も人を避けたくなるような悩みを抱えてたから。僕、笑うことができないんだ」

「笑うことができない？」

何だか、懐かしいやり取りだな。呑気なことを思いながら、僕は自分の身に起きたことを軽らかもしれないと思ったから。

それを打ち明ける意味なんてなかった。なのに話したのは、僕が夏目に聞いて欲しかったのかもしれない。僕が話すことで、夏目が何かしらを受け取ってくれるかもしれないと思ったからく夏目に話した。夏目は何も言わず、僕の話を聞いていた。

「……それにしてはあんた、思い悩んでいるような顔してへんね」

「まあ、色々あったからな。その末の、今の僕だ」

「うち、今の藤枝もあんまり知らへんけど」

「ああ、そうか、そうだな」

当然のように話したけれど、僕と夏目はつい昨日に初めて話したばかりだった。そんな感じはあまりしなかったから、忘れていた。

「笑えなくなった後であんたが変わったのは、好きな子の影響？」

「え……まあ、そうかも」

「隠さんでええよ。ま、あんたが恥ずかしがり屋なんはわかったわ」

夏目はいたずらな笑みを浮かべて言う。さては僕の反応を見て楽しんでいるな。何か言い返そうとしたけれど、やめておく。夏目が一瞬浮かべた表情が、自分の奥深くを覗（のぞ）いているようだったから。

「その子の影響は間違いなく大きい。けど、何て言うか、一方的じゃないと思うんだよ。どっちか片方が救われるんじゃない。お互いに前に進むのを見守ってるというか、少なからず僕はその子のことを考えると、何でも頑張れる気がする。……何言ってるんだ、僕は」

もしかして、もしかしてじゃなくて、滅茶苦茶恥ずかしいことを言ってるな。悶えるように僕は頭に手を当て俯く。話に熱が入ると変に語ってしまうの、癖なのかもしれない。今年の夏の記憶がフラッシュバックする。僕は頭の中の手でそれを必死に振り払った。

「……滅茶苦茶好きなんやね、その子のこと」

窺うように夏目の顔を見ると、目を丸くして僕のことを見ていた。

駄目だ、今すぐ溶けて消え去りたい……と湧き出る羞恥心を止められずにいると、夏目は穏やかな声で僕に言った。

「そういう出会い、ほんまに大切にした方がええで。仮に人生の中の一瞬だったとしても、それだけ好きになれるんなら多分それは本物やと思う。……ふふっ、思い出したら笑えてきた。あんた、思ったよりおもろいな」

小さく噴き出す夏目。僕は大きくため息をついた。顔が熱い。

「うるさい。……夏目にはいないのか？　そういう……恋愛的な意味じゃなくても」

「おらへんよ。おったらこんなに捻じ曲がった青春送ってへんわ。でも、折角ならおとぎ話の王子様みたいな人と出会いたいもんやわ」

「嘘つけ」

「酷(ひど)いなあ。うちだって乙女なんやで」

そう言って夏目は可愛(かわい)い子ぶってみせる。実際ちょっと可愛いからやめて欲しい。可愛かったのも束の間、夏目は意地の悪そうな笑みを浮かべて僕に忠告めいたことを言ってくる。

「女の子は皆乙女なんよ。心のどこかで王子様の登場を待ってる。だからあんたも頑張りや」

「あ、ああ。頑張る、かもな?」

何を? と疑問に思う僕の肩を、しっかりしいやと夏目は拳(こぶし)で叩く。軽い力とはいえ、ちょっと痛かった。僕は腕を擦(さす)りながら、夏目の言ったことの意味を考える。何だか上手(うま)くはぐらかされている感じはしていた。というか、元々何の話をしていたんだっけ。

「夏目も出会えるといいな、そういう人と」

「ほんまよ。最悪、あんたでもええわと思ってたんやけどね」

「冗談言え。だから新幹線で唐突にあんなこと言い出したのか」

にやりと笑って、夏目は僕を見る。いたずら好きな奴だな。

「ふふん。………まあ、あんたを見てたらもう少し人と関(かか)わってもええんかな、とは思うわ。ええ人がおったらやけどね。何事にも例外っていうのがあるんやろうなあ」

「……そうかもな」

僕にとっての例外が、日高さんだろう。

彼女の登場は、僕の人生という物語の中で明らかなイレギュラーであり、分岐点として大きらな。

く作用した。例外が全て良い方向に転がるとは限らないけれど、人生何があるかわかないか
　話しているうちに、随分と先へ進んでいたみたいだ。少し先の辺りには、高瀬たちの姿が見える。完全に忘れていた。随分と待たせてしまっただろうか。

「グループの人が待ってるから、僕はここで行くよ」

　僕はまたな、と夏目に向けて軽く手を上げ、皆の元に向かおうとする。すでに歩き出そうとしている僕を、夏目の声が引き留めた。

「藤枝。さっきの、別に冗談やないで」

　振り向くと、夏目がいたずらな笑みを浮かべて言った。

　その声が僕の足と思考を止めさせる。僕を追い越して、彼女は悠々と歩いていく。呆気にとられた僕が立ち止まっていると、高瀬たちがこっちに向かって歩いて来た。

「あ、……悪い。待たせたか」

「いや、そんなに待ってない」

「そうか」

　良かった。あんまり長い時間待たせていると、これからの予定に響いてしまう。邪魔しないと言った手前、それは好ましくない。

「それよりもさ、あれが日高さん？」

足立が高瀬の陰からひょこっと顔を出して問う。

「違うけど。あれは夏目っていう子」

「日高さんは別の高校って言ってたろ。夏目は確か、今年うちの高校に来た転校生だったと思う」

源が足立に指摘する。昨晩にざっくり話しただけだから、足立は曖昧に覚えていたのだろう。

「じゃあその夏目は？　友達？」

「ああ……。まあ、昨日新幹線の席が隣で、その時初めて話したばかりだけど」

「え、ナンパじゃん」

「いや、ナンパじゃないだろ」

僕は否定するものの、足立たちは僕を指差してこそこそと何かを話している。

ふざけるな、思春期共が。

呆れた顔で足立たちの非難を受け流していると、高瀬が何故かわなわな震えていた。

「……どうした？」

「藤枝お前、日高さんというものがありながら……」

「いや、だから違うんだって。一人でいたのが気になったから声かけただけで」

「何？　その夏目ってそういう感じなん？」

先ほどまでふざけていた足立が急にまともな顔で訊いてくる。

あんまり人のことを勝手に話すわけにもいかないし、彼女の名誉を守る必要もある。

「そういう感じっていうか、ここに関しては一人でゆっくり回りたかったらしい。普通にあるだろ、そういう時」

「ああ、藤枝もたまに一人で感傷に浸ってる時あるよな」

「馬鹿にしてるだろ」

僕が言うと、足立は楽し気に笑う。これである程度誤魔化せたんじゃないだろうか。足立がまだ話の通じる奴で良かった。

「藤枝、案外優しいんだな。驚いた」

高瀬は僕のことを意外そうな目で見る。

まあ、言い方的にそうなっただけで、僕は別に夏目を救っていたわけでも何でもない。むしろ野暮なことをしていた可能性すらある。今なら高瀬がやたら僕に話しかけてきていた気持ちがわかる気がした。

「別に、僕は優しくない。知ってるだろ」

納得いかない顔で高瀬は頷いていた。僕はそれなりに高瀬に酷い扱いをしてきたから、今のあいつの頭の中で印象のずれが生じているのかもしれない。

無暗に高瀬にきつく接していた頃もあったけれど、あれは単に当たっていただけだ。今となっては反省しているし、悪かったとも思っている。……今の接し方もちょっとだけきついのかもしれないけど。だけど、今更どうこう言ったって過去は変わらない。これからの自分を見せていくしかないと思っている。

竹林の小径から野宮神社、そして大河内山荘へ行き、嵐山公園を巡る。今日も今日とて歩き回ったことで、一日の終わりには随分と足に疲労がたまっていた。京都の自然と文化に触れることで、穏やかにこの土地を感じることができたと思う。

今日も宿に戻れば夕飯が用意されているけれど、僕たちは帰り道に京都駅付近にあるラーメン屋に立ち寄った。特別、それを食べようと予定していたわけではないけれど、いわゆるノリで、というやつだ。

京都ラーメンといっても、いくつかの系統に分かれているらしく、僕たちが食べたのは鶏ガラのスープに背脂を浮かべたタイプのものだった。背脂の割に口にしてみれば案外あっさりとしていて、ついスープまで飲み切ってしまった。

皆満足そうに腹をさすりながら電車に乗り、旅館へと戻る。

明日で京都も最後か、と考えると少しだけ物寂しさを感じた。

一日の終わりには、また四条の旅館に戻って来る。まだ滞在して二日目だというのに、もうすでに自分の居場所であるような錯覚を覚えていた。

昨日と同じルーティンで食事を済ませ、風呂に入った。そろそろ皆京都の町にも慣れてきて、自分たちはどこへ行ったとか、何を見てきたとか、各々自慢げに話していた。

〈探したけどいなかったよ〉

〈何が？〉

〈藤枝君〉

〈いや、報告しなくてもわかるから〉

度々日高さんは報告してくる。

広い京都で運よく出会う、なんてやっぱり難しいのだろう。

会えたら色々話してしまうんだろうな、と想像する。多分、少しの時間だけじゃ足りないだろう。色んな場所を見て回ったし、色んな人と言葉を交わしたから。その中でたくさんの気づきもあった。

世の中には自分と似たような考えの人がいて、けれど自分とは違うこと。人は他人に対して閉鎖的なものだと思い込んでいたけれど、案外そうじゃなかったこと。

それ以外にも、たくさん。

普通に生きていれば、もっと早い段階で気がつくことなのかもしれない。今更こんなことを考えていることが少しだけ恥ずかしいけれど、それ以上に嬉しくもあった。

〈私は今日、市の美術館に行ったよ。京都はいろんなところにギャラリーがあるみたいだね。それとおしゃれなカフェも〉

〈確かに隠れ家的カフェは多いのかもな〉

僕はこの二日間の散策を思い返す。少し路地の方に入ったところでは、小ぢんまりとしたカフェをいくつも見かけた気がする。カフェだけじゃなく、伝統工芸品やら雑貨屋などもまた、隠れ家的な佇(たたず)まいでひっそりと立っていた。そういう印象はあまり持っていなかったけれど、また違った角度から趣深い街並みだと感じた。

「藤枝も遊ぼうぜ」

部屋で一人、スマホとにらめっこする僕を高瀬は誘う。何をして遊ぶのかは知らないけれど、僕は逡巡してそれを断った。

「今日はやめておく」

「どうしてだよー」

後ろから出てきたその他のメンバーも不満そうに僕のことを見る。僕は申し訳なさを感じつつも、断りを入れる。

「ちょっと疲れたから休もうと思って。あー、別に悪い意味じゃなくて。僕、基本インドアだから外を歩き回るの慣れてないんだよ。……でも、誘ってくれてありがとう」

外を歩き回るのもそうだけど、慣れない集団での行動にも少しだけ疲れを感じていた。だけど、それは決して不快感の混じったものではなく、むしろ清々しい疲労だった。

「なんだ、そっか。それならゆっくりするのがいいよな」

「悪いな、誘ってくれたのに」

「いいよ、俺ら他のグループの奴らとゲームしてくるからさ。この部屋空くし、自由に使ってろよ」

　足立はそう言って、見せびらかすようにゲームソフトのパッケージを取り出す。少し前に流行った人気の格闘ゲームだ。複数人対戦が可能で、こういった場では盛り上がること間違いなしだろう。いや、確かに間違いないと思うけれど、ゲーム機なんて修学旅行に持ってくるなよな。

　ゲームの機体やらコントローラーやらを持って、彼らは部屋を出て行く。ルール的に良いのか悪いのかわからないけれど、柔軟な発想だとは思った。そういう遊び心は嫌いじゃない。

　彼らが出て行くと、僕は座椅子に身体を預けて目を瞑る。

この部屋も人がいないと、一瞬で雰囲気が変わる。一人でいると、とても落ち着く空間だ。まあ、どうしてか少し寂しい感じはするけれど。

　僕は目を開けて、その少しばかりの寂寥感を紛らわすためにテレビをつけてみた。それほど大きくないモニターに、バラエティ番組が映る。

　今頃どこかの部屋ではゲーム大会が開かれているのだろう。僕はそれほどゲームに触れることはなかったので、彼らが持っていた人気タイトルもプレイしたことがなかった。

　本当、これまでの僕って読書ばかりしていたな、とつくづく思う。

いや、読書ばかりというか、読書しかしていなかったかもしれない。それはそれで悪いことではないと思うし、実際小説を書くのには役立っていると思う。

だけど、そればかりでは良い小説は書けないのかもしれない。

書いているうちに気がついたけれど、僕は色々なことにおいて経験が浅いのだ。経験していないから想像に頼り、どこか説得力に欠けたものになる。今まで挑戦することを避けていたことが、ここに来てさらに自分の首を絞めていることを自覚した。

僕は諦（あきら）めている間、何もせずひたすら時間が経（た）つのを待っていた。

いつかこの町を出て、独り立ちすれば何かが変わるだろうと。何の確証もない未来に十代の貴重な時間をベットしていた。

ふと、日高さんの顔が頭に浮かぶ。

彼女は僕と同じようで、決定的に違った。彼女は道に迷いながらも、僕に話しかけてきたのだ。

それは、僕には踏み出せなかった一歩だった。僕が何年もの間、踏み出せなかった一歩。

今の僕が少しずつ進み出せているのも、日高さんが声をかけてくれたから。

改めて、日高さんの持つ力に感心する。

僕も彼女と同じように、自分から前に進んでいける人になりたい。そう思って、小説を書くようになった。

けれど、それで満足してしまった自分が、心のどこかにいたのかもしれない。一歩踏み出しただけで、前に進んだと錯覚している自分が。一歩、二歩、三歩、と足を出し続ければ、歩いたことにはならないのだ。

そのくせ僕は気持ちだけ前のめりになる。

面白い小説を書くためには、小説にのめり込むことが必要なんだと思い込んで、調子を崩した。のめり込もうと思えば思うほどに自分の書く話に魅力を感じなくなって、筆は遅くなる一方だった。

初めに小説を書こうと思ったのは、何かに挑戦したかったから。

自分の中にあった空想の町を舞台に、僕の中にあるものを使って書いた話だった。僕の書いた、僕のための小説。

多分、今書きたいのはそうじゃない。

面白いって、誰のためのものだろう。そう考えた時にまず思い浮かんだのは、日高さんの顔だった。

そうだ、僕が今書きたいのは、日高さんに面白いと思ってもらえる小説なんだ。

〈二作目ができたら、読んでくれる?〉

僕は思わずメッセージを送る。天井（てんじょう）を仰（あお）いだまましばらく待つと、返信が来た。

〈読むよ！　というか、そういう約束でしょ〉

〈ああ、そうだったな〉

スマホを握る手に力が入る。早く二作目を書き上げて、日高さんに読んでもらいたい。身体の奥の方から熱が湧き上がるのを感じた。

視界にかかっていた靄が晴れるように、急に世界が開けたのを感じた。

「やってやる」

僕の口から熱がこぼれる。

今すぐにでも家に帰って、パソコンと向き合いたかった。

いや、折角修学旅行に来ているのだ。どうせなら最後まで満喫して、気持ちよく執筆へと気持ちを切り替えた方が良いだろう。そう考えると、急に明日が楽しみに思えてきた。明日は最終日なんだけどな。

静かな部屋で一人熱を持て余していると、スマホの通知音が鳴る。

〈藤枝君って、どのあたりに泊まってるの?〉

日高さんからだ。急にどうしたのだろう。

〈四条あたりだけど〉

〈あ、そうなんだ！　案外近くに泊まってるんだね〉

話を聞けば、日高さんが泊まっている宿はここからそれほど離れていないらしい。学校同士での接触を避けているのかと思っていたが、そんなことはなかったみたいだ。

そうか、近いのか。そう考えた時、一つの可能性が頭をよぎる。逡巡の後、僕はそれを日高さんに向けて送信した。

〈もしかしたら、会えたりするのかもな〉

僕が送ると、テンポよく続いていたメッセージのラリーが止まる。

唐突にこんなことを言い出したものだから、困らせてしまっただろうか。

〈じゃあ、抜け出しちゃおっか〉

間を空けて来た返信に、どきっとする。

自分から言い出しておいてなんだけど、大丈夫なんだろうか？

僕は良いとしても、日高さんの通う学校は進学校だからそういうのに厳しいのでは……。心配してみるけれど、その実僕の胸は高まりを抑えきれていなかった。

〈いいよ。なら、鴨川辺りで集合がいいか〉

僕たちは適当な集合場所と時間を決めて、随時連絡をしようと約束した。

まずは旅館から抜け出すという関門をくぐり抜けなくてはいけない。恐らく、見張りの先生が一人はいるんじゃないだろうか。

これから僕は規律を破るんだけれど、何だか少しわくわくしていた。パーカーを羽織って、外に出る準備をする。

廊下に出て階段を下り、何食わぬ顔でロビーへ出る。監視の目を気にしていたけれど、特に誰かが見張っているわけでもなかった。僕は慎重に辺りを見回しながら、旅館の外へ出る。

なんだ、思いのほか呆気なかったな。

旅館の出口をくぐり門を抜けると、冷たい風が身体にまとわりつく。暗い通りの先にある表の道には、まだ多くの人が行き交っているようだった。僕たちの町とは大違いだ。

表の通りまで出てしまえば、見つかることもないだろう。

僕は息を忍ばせて、細い通りを歩く。と、いっても表の通りなんて目と鼻の先だ。ここまで来ればどうにかなるだろう。

僕が気を抜いたその時だった。

「おい、君」

誰かが僕を呼び止める。呼び止める人となれば、まあそういうことだろう。

僕はその場に立ち止まって、後ろを振り返る。薄明るい街から出てきたのは、見覚えのあるシルエットだった。

「ああ、先生」

見覚えがあるのも当然だ。僕の前に立っているのは、クラスの担任の先生なんだから。

「藤枝、こんなところで何してるんだ?」

「……少し外の空気に当たろうかと思って」

「勝手に旅館から出ちゃあ駄目だろ」

見張りの先生が一人もいないなんて、そんな上手い話はなかった。当然といえば当然の結果だ。

ごめん、日高さん。会いに行くのは無理かもしれない。

そう思いつつも、僕は粘ってみせる。

「すみません、出てはいけないと明言されてはいなかったので」

「それはそうかもしれないけどな。駄目なもんは駄目なんだ」

言い訳を言ってみるけれど、自分でもルールを破っていることくらいわかっている。と、半ば諦めムードが漂う中、僕の視線は先生の手元に留まった。

僕の視線に気がついて、先生はそれを背中に隠す。もう見てしまったから手遅れなんだけど、それは明らかに土産屋の袋だった。恐らく先生は、寒空の下で懸命に見張りの仕事をしていた、というわけでもなさそうだ。

「先生もどこかへ？」

「い、いや」

しどろもどろになりながら何かしら言い返そうとしたのだろう。しかしながら、その反応が自白しているようなものだった。観念したのか、先生は肩を落とす。

「……まあ、若い頃っていうのはルールよりも大事なことってのがあるもんだよな。大人になってからでもできることはたくさんあるけど、大人になる前じゃないとできないこともたくさんある。大切なんだよ、藤枝くらいの年齢で経験することっていうのはな。先生の言っていることと、わかるだろ？」

「わかります」

意訳すれば、行っていいから言わないでくれ、だろう。大丈夫か、この先生。いや、いいなら行くんだけど。

偶然とはいえ、上手くいったのであれば結果オーライだ。

僕は先生に軽く頭を下げ、その場を後にしようとする。歩き出そうと振り返ったところで、僕の背中に声が投げかけられた。

「楽しんでるか、藤枝」

その言葉に、僕はこの二日間を思い出す。それから、今からのことも。

それだけでもう、僕の中で答えは出ていた。

僕は静かに頷く。僕が頷いたことに、先生は小さく驚いたように見えた。少なからず僕のことを知っている人間なら、そういう反応になるだろうな。

そして僕は歩き出す。夜道を抜けて、日高さんの待つ場所へ。

あおとさくら

4.5 押される背中

どうしよう、どうしよう、どうしよう。

〈もしかしたら、会えたりするのかもな〉

まさか藤枝君からそんなメッセージが飛んでくるなんて思ってもいなかった。元はといえば私が言い出したことなんだけれど、藤枝君覚えていたのかな。

覚えていたんだろうな、彼のことだから。

仮に修学旅行中に会うとしても私から言い出すのだと思っていたから、プチパニックに陥ってしまった。

「どうしたの、咲良?」

私の動揺に気がついて、みずきが声をかけてくる。それに反応してあいちゃんもこちらに視線を向けた。

「いやあ……あの………」

「あ、藤枝君からだ」

隣に座っていたこいとちゃんが身体を傾けて私のスマホの画面を覗き見る。咄嗟にスマホ

四条あたりだけど
あ、そうなんだ！
案外近くに泊まってるんだね
もしかしたら、会えたりするのかもな

を隠したけれど、遅かったみたいだ。

「咲良、あんまりアイツと連絡とってたらストーカーがうつるよ」

「どうして茶屋（ちゃや）さんはそんなに藤枝君に当たりが強いの？」

「……それで、どうしたの日高（ひだか）さん」

こいとちゃんはどうしても気になるようで、私が動揺している理由を訊きたがった。どうするべきか、皆に相談してもいいのだろうか。

私は意を決して、藤枝君との会話の流れを皆に話してみる。

「ええー、いいと思うよ」

「でも、この時間帯に勝手に宿を出るのって良くないよね……」

こいとちゃんとあいちゃんは口々に言い、みずきはただただ渋い顔をしていた。

「そ、そうだよね。ルールを破ることになっちゃうよね……」

「日高さんがどうしたいかどうかだよ、そんなの」

ルールなんて気にするな、と言わんばかりの姿勢でこいとちゃんは言う。

「……私は、行きたいかも」

私が迷った末答えると、こいとちゃんは優しく微笑んだ。申し訳なさそうにあいちゃんに視線を向ける。これで見つかって怒られたら、グループの連帯責任になるかもしれない。

「私、別にそんなにお堅くないよ」

「あいちゃん……」

あいちゃんもそう言って笑って頷（うなず）いてくれる。

それからみずきを見ると、深くため息をついていた。

「咲良が行きたいなら、行ってきなよ。……気をつけてね」

やれやれと首を振ってはいるが、みずきの声は優しかった。

皆が背中を押してくれたことが嬉（うれ）しくて、ぺこぺこと感謝の意を表現する。

〈じゃあ、抜け出しちゃおっか〉

藤枝君の前では、ちょっとだけ格好つけてしまう。

本当はこんなに動揺して、皆に相談までしていたのに。

「私、行ってくるね」

立ち上がった私に、皆は応援の声を向けてくれる。

鼓動が早くなるのを感じる。普段から顔を合わせている人に会うのに、どうしてこうも緊張してしまうのだろうか。

場所が違うから？　内緒で宿を抜け出すから？

それはきっと、今この時に藤枝君と会うことができるからだ。

私は制服に着替え、上着を羽織って部屋を出る。いってらっしゃいと送り出してくれる皆に、ガッツポーズで答えた。私が部屋を出る後ろで、こいとちゃんの楽し気な声が聞こえた気がした。

5 遠い街、同じ空の下

知らない町で夜に一人出歩くというのは、何だか悪いことをしている気分になる。まあ実際良くないことではあるんだけれど、それが妙な高揚を感じさせていた。

鴨川の河川敷に辿(たど)り着くも、そこに日高(ひだか)さんの影はなかった。どうやら僕が先に着いたみたいだ。

日高さんはちゃんと来られるだろうか。

そもそも見知らぬ土地で、しかも夜に女の子を一人歩かせるのはまずいんじゃ……と、今更ながら気がついてしまう。

今からでも迎えに行くべきだろうか。一応メッセージを送ってみるも、既読はつかなかった。どういう状況かわからない以上、不用意に探し回るのは悪手(あくしゅ)な気がする。

不安と期待が混ざり合って、僕はそわそわとしてしまう。胸の高鳴りの理由が、どちらなのかわからなかった。どちらも、とも考えられる。

一旦(いったん)落ち着こう、と僕は冷たい空気を肺に取り込む。

川沿いにずらっと並ぶ店の明かりが、河川敷を朧(おぼろ)げに照らしていた。辺りを見回してみても、日中に見たようにカップルが等間隔で並んでいることはなかった。

地元から遠く離れた土地で一人、というのは何だか寂しく感じる。ただでさえ少ない繋がりから断絶されてしまったような孤独感が僕の中でちらついていた。

僕は川辺に立って、その流れに耳を澄ませる。

「……藤枝、君？」

川の流れる音に、行き交う人々の喧騒、確かに耳に入る聞き慣れた声。僕は声がした方へと振り向いた。

「ちゃんと抜け出せたんだな」

僕の声に反応して、日高さんは少しだけ取っていた距離を詰めてくる。

無事で何よりだ、という安堵と本当に日高さんと会えたんだ、という喜びが胸の中で交錯していた。

「藤枝君！　違う人だったらどうしようかと思ったよ」

そう言って日高さんは胸を撫でおろす。

つい先ほどまで感じていた孤独感は、僕の中から一切消え去っていた。日高さんの声を聴くだけで、ぽっかり空いた黒い穴は鮮やかな色で満たされる。知らない土地で、夜でも止まない喧騒の中でも、日高さんと顔を合わせればいつも通り、という感じがした。

「何だか変な感じだな。こうして自分の住む町から離れても、日高さんと顔を合わせているなんて」

「ね、ちょっと面白いよね」

日高さんはくすくすと笑う。

日高さんが笑う姿を見られただけでも、ここまで来たかいがあった。

「そうだ、日高さんこれ」

僕はそう言って、小さな袋を日高さんに手渡す。

「何これ？」

「いや、お土産だけど」

「えっ、本当に！　見てもいいの？」

僕は頷く。日高さんが袋から小瓶を取り出すと、建物から漏れる明かりがそれを照らした。

「わっ金平糖だ！　可愛いね」

良かった、喜んでくれたみたいだ。ちょっとしたお土産だけど、喜んでもらえるとこちらまで嬉しくなってくる。

「けど、今なんだね。まだ私たち京都にいるんだよ」

「そういえばそうだな……」

帰ってから渡すべきだったか？

いや、でも僕が渡すことを知らずに日高さんが買ってしまう可能性もあるし、だからといって先にお土産が何なのかを知らせるのもあれだし。

と、僕が身動きを止めて必死に反省していると、日高さんは小さく噴き出した。

「なんてね、場所なんて関係ないよ。藤枝君が私にあげようと思ってくれたことが嬉しいから」

優しい顔で日高さんは微笑む。

僕は少し照れくさくなって、誤魔化（ごまか）すように頭を掻（か）いた。

「京都はどう、楽しめてるか？」

嬉しそうに小瓶を眺める彼女に、僕は問いかける。

何度も日高さんから訊かれた質問だった。

「うん！　街並みとか景色とか、当たり前だけど全然違うんだな、と思って見てた。観光名所も楽しみなんだけど、何気ない街並みとか文化にももっと触れたいんだよね」

「日高さんはまだ初日だろ。まだまだ時間に余裕はあるさ」

日高さんは嬉しそうに頷いた。それからしゃがんで店の照明でぼんやりと照らされた鴨川の流れを少し観察した後、彼女はその場に座り込んだ。

僕も自然とその横に座る。何気なく座ったその距離は、過ごした時間と共に少しずつ近くなっているような気がしていた。

「修学旅行とは別に、どこか遠くへ旅行にでも行ってみたいね」

日高さんは水面を見ながら呟いた。

「行けばいいじゃないか？」

「その時は藤枝君も行くんだよ？」

「えっ」

一瞬頭によぎったのは、僕と日高さんが二人で旅行に行く場面だった。

旅行ってなると泊まりだよな……。いや、でもそれってまずいんじゃ。何がまずいかというと僕の精神がまずい気がする。いや日帰り旅行の可能性もあるし、そもそも二人でなんて言っていないだろ。何を勘違いしてるんだ僕は。

「えっ、じゃないよ。もしかして嫌？」

「嫌じゃない、けど……」

「けど？」

日高さんに旅行に誘われたら、僕の中に断る選択肢はない。

変な想像をして驚いてしまったせいで、今こうして詰められているのだ。全ては煩悩のせい。

年末は百八ページの小説を書くことで、煩悩を雲散霧消させよう。

「もしかして藤枝君、やましいこと考えてる？」

「は？　考えてないんだけど。……まあ、誘われるなら行くよ」

本当は行きたい気持ちでいっぱいなのに、受け身のスタンスを取ってしまった。自分の不器用さには、ほとほと呆れてしまう。まあでも、あんまりがつがついってもそれはそれで変な感じになってしまうから、これくらいが僕らしいか。

「やった、言質取ったからね」

「別に脅さなくたって日高さんに誘われたら断らないから」

僕が言うと、日高さんは一瞬固まった後、両手を頬に当てて照れながら笑った。

あー、それはずるい。その仕草があまりにも可愛らしく思えて、僕は顔を背ける。胸の内はもうぐちゃぐちゃだった。

「どこへ行こうね。東京、沖縄、北海道、それとも海外？」

「どこだっていいよ」

どこへ行こうが、日高さんとなら楽しめると思う。

行先じゃなくて、そこに日高さんがいることが僕にとっては大事だった。

「いつか行く旅行の話じゃなくて、まずは修学旅行を楽しまないとな」

「もちろん！　それはそうだよね。大丈夫、私全力で楽しんでるから」

自慢げに言って日高さんは笑う。それは何よりだ。僕も負けないように、明日の最終日を楽しまなければ。

「明日はどこに行くんだ？」

「私たちはとりあえず伏見稲荷の予定だね」

「伏見稲荷か。あの、鳥居がたくさん並んでいるところだろ？」

伏見稲荷なら僕もテレビで見たことがある。あれだけ鳥居が並んでいると、いつの間にか異世界に迷い込んでいてもおかしくなさそうだ、と思った記憶があった。

「そうそう。当然上まで上り切るのは時間も体力も必要だから、ある程度のところまでしか行かないけどね」

僕たちのグループで行く予定は、今のところなかったと思う。

京都は観光名所がたくさんあるし、二日半程度で全てを見ることなんて叶わない。この街をもっと知れば、行きたいところもさらに増えるのだろう。

みんなで色々なところを回るのも、明日で最後か。

どうやって時間をつぶそうか、なんて考えていた頃が懐かしい。京都に来て一瞬で時間が経ったようにも感じる。

「僕は明日で修学旅行も終わりだ。一足先に帰るよ」

「そっか、名残惜しいね。ちょっとだけでも、どこかを一緒に回れたりしたら良かったんだけどね」

日高さんは少し残念そうに言った。

僕もそう思ってはいたけれど、とはいえ学校が違うのだからな。……けど、明日が自由行動ということはいくらでもやりようがあるのでは？　偶然日高さんと出会ってしまうのなら、それは咎（とが）められるようなものではないんじゃないだろうか。

「明日の自由行動、どうしようかな。もしかしたら伏見稲荷にちらっと立ち寄るかも。もしかしたらだけど」

日高さんたちはグループでの行動になるはずだし、僕のわがままでそれを崩してしまうわけにもいかない。でも、その場に居合わせるくらいなら許されるんじゃないか。……もしかしてこういうところが、ストーカーと呼ばれてしまう理由、なのかも？

遠回しに明日も会えたら嬉しいと伝える僕に、日高さんは真っ直ぐ（まっすぐ）な視線を向けていた。その目は優しくて、温かい。

「もしかしたら、だね。ふふ、ありがと。私待ってるよ」

「まあ、あまり期待せずに待っててくれ。あくまでもしかしたら、だからな」

僕はそう言って空を見る。僕たちの町に比べれば星も少なかったけれど、隣に日高さんがいるだけで京都の空も悪くないな、と思えた。

日高さんがいれば、僕の見る世界はいかようにも彩（いろど）られる。

僕と同じように、日高さんも空を見上げていた。彼女も、同じようなことを思ってくれていたら、どれだけ嬉しいだろうか。

「ん？」

視線を上に向けたことで気がついたけれど、橋の上から僕たちのことを見ている人たちがいる。その影はこそこそと身を隠すようにしていた。行き交う人たちの中でそんなことをしているから、逆に目立っている。

「どうしたの、藤枝君」

僕が橋の上を注視していることに気がついて、日高さんはこちらを見る。影に向けて指を差すと日高さんも気がついたようだ。

「……あれ、もしかして？」

橋から見ていた人たちも僕たちが見ていることに気がついたのだろう。橋を渡り切って階段から河川敷へ下りて来た。

「皆どうしているの⁉」

「来ちゃった」

てへ、とこいとちゃんは首を傾げてとぼけてみせる。

てへ、じゃないが。

「こいとが気になるって言って聞かなくてさ。まあ、夜の京都を散歩してみるのもいいかなって」

と、みずきも何でもないように言った。その隣であいちゃんは困った顔で笑っている。多数決で野次馬が勝ってしまったのだろう。

見られていたのは癪だけど、丁度いいか。一人でホテルへ帰らせるのも心配だし送ろうと考えていたところだったから。皆で帰る方が安全だろう。

「そんなほいほい抜け出して大丈夫なのか？」

「どうなんだろうね」

「大丈夫じゃないとは思うけどね」

あいちゃんも大変だな、振り回されてしまって。

あんまり長居して、問題に発展してもあれだ。そろそろ解散するべきだろう。寒空の下にいて、風邪を引くのも良くない。

「そろそろ戻るよ」

「あ、うん！　私たちも戻ろっか」

そう言って僕たちは階段を上り、通りに出る。ばいばい、と手を振りながら遠ざかっていく四人の背中を僕は少しだけ眺めていた。

ふう、と一息ついて歩き出す。

指先は少し冷たいけれど、身体はどこか温かく、むしろ冷たい風が心地よくも感じられた。

さて、帰りは上手く旅館に入り込めるだろうか。見張り番をしているのが、担任のままだったらいいんだけど。

僕は早足で来た道を帰る。明日のこと、皆に説明しておかなければならない。帰ったら自分がどうしたいのかを話そう。皆がまた、気にかけてくれるかもしれないから。

旅館に辿り着いてロビーに入ると、奥の方の椅子に担任が座っていた。担任は戻って来た僕に気がつくと、苦笑いを浮かべて控えめに手を上げた。僕は一礼してロビーを抜け、部屋に向かう。

部屋に戻るとまだ中には誰もおらず、僕が出て行った時のままだった。静かな部屋で、再び僕は一人座り込む。

一息ついていると、部屋の外でがやがやとした話し声が聞こえてきた。

「戻ったぞー。藤枝、休めたか?」

高瀬を先頭にぞろぞろと部屋に入って来る。どうやら一通り遊び終わったのだろう。満足そうな顔をしているけれど、少しだけ眠たそうだった。

「ああ、おかげさまでな」

実際部屋で大人しくするどころか、旅館を抜け出して日高さんに会いに行っていたのだけれど、そんなこと知る由もない皆は心配の目を向けてくる。

「明日の自由行動、皆どうするんだ?」

僕は早速話を切り出す。

「明日はこのままのメンツで回ろうと思ってるけど。藤枝も来るだろ?」

当然のように高瀬は僕を頭数に入れているようだった。本当、こいつは単純に良い奴なんだよな。

「実は、明日は一人で行きたいところがあるんだ。そう思ってくれてたのはありがたいけど、ちょっと断らせてもらうよ」

「……今更気を使っている、とかじゃないよな？」

高瀬は少しだけ心配そうに僕の胸の内を探る。気を使ったわけでも、拗ねたわけでも、面倒に思っているわけでもない。以前の僕だったらそう思っていた気もするので、疑われるのも仕方がないんだけれど。

「本当に気を使ってたら、何も言わずにふらっといなくなるから。ちゃんと、自分が行きたいと思ったところがあるんだ」

僕の言葉に、高瀬は安堵の表情を浮かべて笑った。こうして少しずつ、以前の僕という人間が残した影は今の僕の中に取り込まれていくのだろう。

「それって、例の子か？」

「え」

足立の言葉に、僕の身体は一瞬動きを止める。

どうしようかと悩んだ一瞬の空白が、彼らに答えたとして伝わったようだ。

「日高さんに会いに行くのか？」

「まあ……そうだけど」

昨日連行された時に、そういえば日高さんも京都に修学旅行に来ていることを言った気がする。都合が悪いというわけでもないけれど、足立がそれを覚えていたのだ。まったく、勘の良い奴め。

「修学旅行で他校の女子に会いに行くなんてやらしいぞー」

「そうだ、密会だ密会」

「許されていいのでしょうか、こんな暴挙が」

と、源(みなもと)、川島(かわしま)、板垣(いたがき)は僕を捕まえた時と同じノリで構えていた。

まさか、阻止しようなんて思わないよな。と、そんな可能性が頭をよぎる中、彼らは僕の顔を見て静かに言った。

「ま、別にいいけどな」

「まあな、俺(おれ)らに止める権利なんてないし」

「言ったら、ただ羨(うらや)ましいだけだしな」

「いいよなー、本当」

一瞬、戸惑ってしまう。どうやら彼らはたいして気にしていないようだ。良かったけれど拍子抜けというかなんというか、思っていた反応と違った。

「だってさ、藤枝」

高瀬は笑って僕の方を向く。僕は少しだけ目を見開いた後、小さく息を吐いた。

「良かったよ、このグループで来られて」

僕の本心からの言葉だった。

グループ決めの時、僕は自分が変わるためにこのグループに入ることを決意した。正直、上手くいくとは思っていなかったし、それなりにやり過ごすことができたら及第点だとも思っていた。

だけど蓋を開けてみれば、この三日間は僕にとって想像以上に充実したものになった。話したことのない同級生と言葉を交わし、色々なところを見て回る。夜はくだらない話だったり、枕投げもした。普通の、至って普遍的な修学旅行の過ごし方なのかもしれないけれど、僕にとってはその普通すらとても幸福なものだった。

世界には、冷たい人間も多数いる。

僕は笑えなくなってから、人は他人に興味がなくて排他的なものだと思い込んでいた。けれど、案外そんなことはないのかもしれない。

それに気がつけただけでも、随分と心が軽くなった気がする。心で人はそういうものだと決めつけていたのは僕自身だったのだ。

気がつかなかったなんて本当に馬鹿だな、僕は。前を向いたらすぐそこに、僕のことを受け入れてくれる人間がいたというのに。

自分から動くことで、世界は急速に開けていく。

止まっていた時間が流れ出し、それがまた僕を前に向かせる。

僕がこぼした本心を聞いて、皆は何も言わず顔を見合わせていた。それから少しして、示し合わせたかのように笑い出した。

「何くさいこと言ってんだ、青春かよ」

皆の笑い声が重なる。僕の口元は緩んだままに、心の中でありがとう、と呟いた。

あおとさくら

6 僕の居場所

翌日、修学旅行の最終日。僕は旅館で高瀬たちと別れて、一人で行動を始めた。日高さんと連絡を取りつつ、タイミングを見計らって僕も伏見稲荷へと向かう準備をする。とりあえず京都駅まで地下鉄で向かい、それから何をするか決めよう。駅に到着し、改札を出る。京都駅、本当に大きいな。自分の町には当然この規模の駅は存在しないので、慣れないとすぐに迷ってしまいそうだ。

さて、到着したけれどどうしようか。旅行先で中途半端に時間が余った時が、一番困る。そう思って悩んでいると、日高さんからメッセージが届いた。どうやら予定よりも早く、伏見稲荷に到着するらしい。

「……行くか」

と、僕は一人呟く。日高さんが先に着くのであれば、僕はそれを追いかけることになる。グループで動く以上、一人の都合で振り回すわけにもいかない。できるだけ日高さんたちの予定に合わせて、動かなくては。

一旦改札を出て、伏見行きの改札口へ乗り換えに向かった。

一人車窓の景色を眺めながら電車に揺られて、伏見へと向かう。同じ国に住んでいても、文化の違いが景色に表れるから、違う土地というのはただ眺めているだけでも楽しいし、小説に活かすこともできて勉強になる。

京都駅から伏見までは、十分程度で着いた。

多くの観光地が京都駅からそれほど離れていないので便利だ。僕たちの町は交通の便にそれほど優れていないので、その点は羨（うらや）ましく思う。流石に観光都市というだけあるな。

駅から出ると、伏見稲荷大社は徒歩ですぐのところにあった。朝なのでまばらに人がいる程度で、混んではいなさそうだ。

参道を進むと赤い鳥居やお稲荷様が現れる。狛犬ではなく、狐。あまり見慣れないものだから、僕はまじまじとその顔を見つめてみた。

本殿での参拝を済ませ、階段を上ってかの有名な千本鳥居を目指す。

昨日調べた感じでは、千本鳥居を上り切るのは軽い登山と言って差し支えないらしい。日高さんもそんなことを言っていたような気がする。ただでさえそれほど体力のない僕には、中々難易度が高いのかもしれない。

深く息を吸って、僕は鳥居をくぐり上り始めた。

日高さんたちは今、どれくらいまで上っているのだろう。

それほど先へは行っていないと思うけれど、見えるところに姿は見当たらない。僕は少し早足で階段を上っていく。

名前の通りにひたすら並んだ鳥居をくぐっていく。上るにつれて、違う世界に紛れ込んでしまったような錯覚を覚える。神社の境内というだけで、空気が変わったようにも感じる。

〈どの辺りまで上るかってわかるか？〉

〈四辻辺りまで行こうって話はしてるよ！〉

偶然スマホを見ていたのか、返信はすぐに返ってきた。

四辻、という知らない場所が出てきたので、スマホで検索する。どうやら中腹辺りに位置するところで視界が開け、京都市街が一望できるとのことだった。

上り始めから四辻まで、大体三、四十分程度かかるらしい。平地ならまだしも、階段を上っていくのだから、それなりにハードだ。山頂までは思っていたより距離があるらしい。しかも帰るには下る必要があるのだから、ちょっとした、どころか普通に登山じゃないか。

〈わかった。今、追いかけてる〉

上った先に日高さんがいると考えると、自然にペースが上がる。別に会うだけなら下で待っているだけでいいのかもしれないけれど、折角なら追いかけて同じ景色を見たかった。些細(ささい)ではあるけれど、修学旅行でも共有できる思い出があれば、いつか思い出した時に同じ温度で嬉(うれ)しくなれるんじゃないだろうか。

鳥居、冷たい風にそよぐ木々、白んだ空。ひたすら上っていると、何だか今人生の上り坂にいるような気分になってくる。

僕の人生はずっと緩やかな下り坂だったと思う。笑えなくなってからの三年間は下り坂どころか地を這いつくばっているようなものだったし。傾斜云々でなく、平坦な底を経験したのかもしれない。

そう考えたら、今上手くいっているのも刹那的なものなのかもしれない。

まあ、そんなのは単なる水物に過ぎないので、考えたところで人がどうこうできるものでもない。精々、自分の信じる神様に祈ることくらいしかできないだろう。

稲荷大神様、どうか僕たちのこの先が上手くいきますように見守っていてください。

と、大して信心深いわけでもないのに、心の中で祈っておいた。天が僕たちの人生の起伏を左右するのなら、これくらいの都合の良さくらい大目に見て欲しいものだ。

空気が澄んで、少し冷たくなる。それなりに上ったからだろうか。

次第に肩で息をするようになり、足は確かな負荷を感じる。明日は筋肉痛だろうな、と思いながらも足を動かし続けた。

「すごいね！　京都の景色が一望できるよ！」

「綺麗だねー」

上の方から明るくはしゃぐ声が聞こえてきた。

階段を一歩一歩上るにつれ、その会話ははっきりと聞き取れるようになる。恐らく、僕が追いかけていた人たちだろう。

「ここが多分四辻だね。名前の通り、四つの道が交わる場所がこの四辻だよ」

あいちゃんが解説する。四人は皆、開けた景色に身体を向けていた。僕はその後ろ、少し離れたところで立ち止まり、呼吸を整える。

「疲れた……」

と、みずきも僕同様に疲労を感じているようだ。他三人はまだ体力があるようで、純粋に景気を楽しんでいる。

「日高さん」

僕が声をかけると、日高さんは勢いよく振り返り僕の顔を見た。

「藤枝(ふじえだ)君！」

そう言って僕の元へと歩み寄って来る。

待ち合わせていたんだから会えるのは当然なんだけれど、それでも僕は日高さんの姿を見られて嬉しく思う。ここまで上って来た疲労が一気に吹き飛ぶわけではないけれど、上って来たかいはしっかりと感じていた。

「あ、なんかいるね」

「僕は珍獣か何かか？」

三人も僕の方へ視線を向ける。

「あれ、どうしているの？」

こいとちゃんは不思議そうに首を傾げる。

そうか、日高さんは皆に言っていたわけではなさそうだ。まあ、もしかしたら、って話だったもんな。

「まあ、昨日日高さんとそういう話になったから」

「ふうん、ストーカーしたわけじゃないんだね」

「当たり前だろ」

修学旅行に来てまで付け回すなんて、流石に怖いだろ。あくまでこれは日高さんと二人で決めたことだから、大丈夫、なはず。

「君も一緒に回るの？」

「いや、そういうわけじゃない」

「あ、そうなんだ」

そう言ってこいとちゃんは日高さんをちらと見る。何かを察したような顔だった。

「私、景色見よっと」

空気を読んだのか、こいとちゃんはあいちゃんを連れて景色を眺めに行く。相変わらず仲良しだな。

「あんた、案外欲張りなんだね」

みずきは僕に向けて言った。

欲張り、と言われれば確かにそうか。

欲深い方じゃないんだけどな、僕は。けど日高さんのことになると欲が出るというか、気持ちの赴くままに動くことが多いのは確かかもしれない。

「ま、ごゆっくりすれば。一つ貸しだから」

珍しく僕に敵意を向けることなく、みずきはこいとちゃんとあいちゃんの後を追うように立ち去った。みずきに貸しを作るのは何だか怖いけれど、彼女も空気を読んでくれたのだろう。

僕と日高さんだけが、その場に残る。

「行っちゃったね、皆」

「そうだな」

いざ二人になって思う。

こうして待ち合わせまでして会いに来たのはいいんだけど、何を話せばいいのだろうか。修学旅行の話なんて積もるほどあったのに、もしかして僕は緊張しているのか？

「見て、藤枝君。良い景色だよ」

日高さんはそう言って再び景色を眺める。僕もそれを見るけれど、ついちらちらと彼女の横顔に目が行ってしまう。

「藤枝君はここを下りたらもう帰るの？」

「そうだな、他に行く予定はないし。今日で京都もおさらばだ」

「ほんと、一瞬だよね」

「早かったけど、その分濃い時間だったよ」

しみじみと答える僕を見て日高さんは微笑む。

時間は濃ければ濃いほど、その速度を増していく。時間は止まることがないから、早い流れに置いてけぼりをくらわないようにしなくては。

「楽しめてそうで良かった。本当は少し心配だったんだ。藤枝君、一人で考え過ぎちゃうところがあるから。空回ってたらどうしよう、って」

「正直、空回っていたところはある。けど、思ったよりも皆受け入れてくれたんだよな。卑屈に考え過ぎていたのかもしれない」

「前も言ったじゃない、高瀬君は良い人だって。誰でも受け入れてくれるかっていったら、そんなことはないと思うよ」

「……そうか、そうだよな」

自分が変わったから、皆が受け入れてくれるようになったというのも事実の側面としてあるかもしれない。けれど、僕が変わったというのは、単なるきっかけに過ぎないのだ。僕はどこか驕っていた自分を戒める。

「だからそういうのって、つまるところ運なんだよね。それくらいに思っていないと、ちょっと息苦しいと思うから。それに、君にももう居場所があるでしょ。例えば……私とか？」

僕は何も言わず、日高さんのことを見る。何気なくこぼした一言の意味を自覚したのか、日高さんは目が合うと顔を赤くしてそっぽを向いた。

「ま、まあ、私とかみずきとか、こいとちゃんとかあいちゃんとか、あと高瀬君とか図書館とか。いつの間にか増えてるよね、居場所って！」

畳みかけるように日高さんは言う。

確かにそうかもしれない。というか、もうあまり居場所がどうだとかにこだわらなくなっているような気がした。自分が自分としてそこにいて、周りに気心の知れた人間がいるだけで、そこは自分の居場所として機能する。一つの場所に固執しなければいけないほど、今の僕は縛られていないのかもしれない。

「そうかもな」

「そ、そうだよ」

僕が肯定すると、日高さんは少しぎこちなく笑う。

ずっと居場所が欲しい、と心のどこかで求めていたけれど、作るものじゃなくて気がついたらできているものなのかもしれない。

日高さんは小さく息を吐いて、先ほど自分たちが上って来た階段を見下ろしていた。僕も同じように見下ろす。周りの景色を見ても、かなり高いところまで上ってきたことを実感した。

「これで僕の最後の修学旅行も終わりか」

「そうだよ、私はまだ一日残ってるけどね」

「それは羨ましいことで。僕はもう楽しんだから、次は日高さんの番だな」

「言われなくても満喫するよ」

日高さんは楽し気に笑った。

時間はすぐに流れるし、始まったり終わったりと忙（せわ）しなく回転している。だからこそ、僕たちは今としっかり向き合う必要があるのだ。

「下りよう、日高さん」

僕は日高さんに提案した。突然の言葉に、日高さんは小さく驚く。

「え、早くない？　まだあんまり話してないよ」

「最後の修学旅行なんだから、旅行を楽しまないと。僕なんて、図書館に行けば会えるんだからさ。みずきたちを追いかけた方がいい」

「いや、まあそうだけど」

僕の提案を聞いて、日高さんは不服そうに首を捻（ひね）った。

「もし京都で僕と話したいんだったら、また来ればいいだろ？　って昨日、誰かさんが言ってた」

「……ふふ、そうだね」

日高さんは嬉しそうに笑った。

もうすぐで僕たちの人生最後の修学旅行は終わってしまう。けれど、修学旅行じゃなくたって京都には来れるし、何なら高校を卒業すれば僕たちはどこへだって自由に行けるのだ。

僕はもう、十分満足していた。

日高さんを追いかけてたくさんの鳥居をくぐったこと、一緒に見た景色、それらはきっと僕の中で大切な思い出として残り続けるだろう。

だから、日高さんには皆との時間を楽しんで欲しい。それに、折角の学校行事なのに僕が独り占めするのはずるいしな。

僕たちは来た道を下り始める。

ちら、と日高さんのことを横目で見ると、彼女もまた満足そうな顔をしていた。

僕たちはテンポよく、こけないように階段を下っていく。少し先で待っている三人に追いつくまでに、そう時間はかからなかった。


「藤枝君も一緒に回ろうよ」

こいとちゃんは僕の服の袖(そで)を引いて言った。引かれた袖をどうすることもできないまま、僕は答える。

「いや、僕はここで帰るよ」

「まあ、あんまり他校の生徒と一緒にいるのはリスクがありますもんね」

あいちゃんは冷静に分析して答える。トラブルの種をできるだけ避けたい学校側としては、僕が日高さんたちと接触することを良く思わないだろう。

「じゃ、私たちは楽しんでくるから。あんたも一人で楽しんできたら？」

みずきは挑発的に笑いながら日高さんの腕を抱き寄せる。僕はその挑発には乗らずに、むしろ余裕の表情を浮かべて答えた。

「知ってるか？　僕にだって友達くらいいるんだ」

どうせ強がりだろ、と言わんばかりにみずきは笑う。まあ、友達と呼んでもいいのかはわからないけれど、自分の中でそう思うくらいはいいだろう。

「じゃあね藤枝君。図書館の留守番は任せたよ」

「それは職員さんの仕事だと思うけど。まあ、日高さんたちが帰ってくるのを本でも読みながら待ってるよ」

それじゃあ、と僕は手を上げて日高さんたちの元を去った。最後にもう一度本殿に一礼をして、伏見稲荷大社を後にする。

日高さんと話したのはほんの少しの時間だったけれど、僕は嬉しさを噛み締めていた。足取り軽く駅まで向かい、京都駅まで戻る。

駅に着いてから、僕はまず高瀬に電話をかけた。高瀬に電話をかけるのは、これで二度目だった。一度目は日高さんを探しに行った時、あの時は高瀬に電話することに抵抗を抱いていたな、と何だか懐かしく思った。

『高瀬、今どこにいる?』

『今? 今京都市水族館の前でバドミントンしてるけど』

『……そうか』

『どうかしたのか?』

どうかしてるのはそっちだ、と思ったけれど僕は触れないことにした。京都にまで来てバドミントンって、どういうことなんだ。

『いや、何でもない。僕もそっちに向かうから、移動するなら連絡してくれ』

『わかった。また近づいたら連絡してくれ』

電話を切って、僕は乗り換えをするべく歩き出す。電光掲示板を確認して、目的地に向かう電車のホームへ行き、到着を待った。

京都駅から一駅、梅小路京都西駅で下車する。そこからスマホでマップを見つつ、少し歩くと大きな建物が見えてきた。京都市水族館だ。その隣には芝生の広場があり、その中でバドミントンしている人たちを探す。

探すといっても、服装を見ればわかる。見覚えのある制服の集団は、未だに隅の方でバドミントンを続けていた。

僕はすっと近寄って、しばらくの間静かにその様子を眺めていた。本当に元気だな、と思うけれど、楽しんでいる姿を見ると少しだけ羨ましく思えてしまった。

「うおっ、藤枝いたのか」

足立(あだち)が僕の存在に気がついて驚く。驚きざまにラケットを振るものだから、危うく殴られるところだった。

「日高さんはどうしたんだよ」

「振られたのか？」

皆でやいやい僕を問い詰めてくる。それを手で払いのけるようにして、一歩下がりながら答えた。

「用が済んだだけだ。振られるとかそういう話じゃない」

そう言うと、なんだ、と急に関心を失って、高瀬以外はバドミントンに戻った。高瀬は僕の隣に立って、話しかけてくる。

「最後の集合まで戻ってこないと思ってた」

「僕もその予定だったんだけど、気が変わったんだ」

そうか、と高瀬は目の前でバドミントンをしている光景を眺めながら頷(うなず)いた。

「なんかこう、戻って来てくれると、ちゃんと藤枝があいつらのことを受け入れてくれたんだと感じられて嬉しいよ俺(おれ)は」

感傷に浸った目で高瀬は僕を見る。その言葉に、僕は違和感を覚えていた。

「受け入れてくれてって、それは僕のセリフだろ。皆が多少なりとも受け入れてくれてると思ったから、僕はここに戻ってこれたんだ」

高瀬はぽかんと口を開けて間抜け面のまま固まった。何に驚いているんだろうか。

「藤枝がそんな風に思っているなんて知らなかった」

「僕が頼んで入れてもらったんだから、普通そうだと思うけど」

「ん、ああ、そうかも……。前も言ったかもしれないけど、俺からしてみれば藤枝が受け入れてくれるかどうかの方が心配だったんだ。藤枝が中々心を開かないのは、俺が身を持って知っているからな」

そう言って遠くを見つめる高瀬。

いやまあ、それはこっちにも事情というか気持ちの問題もあったから。けど、もう少し早く話せていたら良かったんだろう、とは思っている。

「自分から頼んでおいて、グループの人間が気に入らないからって受け入れようとしないのは、自分勝手が過ぎるだろ。僕の性格もそこまで捻じ曲がってはない」

「そうだよな。まあ藤枝がそんな人間じゃないっていうのはわかってる。でも、やっぱりお前変わったよ。急に人を受け入れられるようになったわけじゃないと思うし、少しずつだとは思うけど。そうじゃなきゃ、俺は何だったんだってなるしな」

「変わる前だろうが変わった後だろうが、高瀬を受け入れるのには時間かかりそうだけどな」

「おい、何でだよ」

「冗談だ。ずっと話しかけてくれてたから、こうして修学旅行を楽しむことができた。それは感謝してる」

僕が柄にもなく素直に言うものだから、高瀬は驚いて反応に困ったと思う。素直なことを言って困られるなんて、僕って随分と厄介な人間だな。

「……ははっ。そう言われると、何だか報われた気がするな。やっぱり俺、藤枝と話せて良かったよ」

「それは良かったな」

「何で他人事なんだよ」

あんまりまともに受け取ると、気恥ずかしいだろ。話せて良かった、なんて人から言われて嬉しくない人はいないと思う。いや、僕は以前までそうだったんだっけ？

「というか、残った時間ずっとバドミントンしてるつもりか？　折角近くに水族館があるんだから、普通行くだろ」

「あっ、そうだな。行こうと思ってたんだけど夢中になって忘れてた」

おーい、と高瀬はバドミントンに熱中している四人を呼び戻す。続いていたラリーを足立がスマッシュで終わらせて、四人は僕らの元へ戻って来た。

「それにしても、どうしたんだよそのラケット」

「どうしたって、買ったに決まってるだろ」

当然のように足立は言う。

それはわかるんだけど、修学旅行先で買ってまでバドミントンするってやっぱりちょっと特殊過ぎるんじゃないだろうか。いや、むしろそれが楽しいのか？

このグループでいると、たまに何が正しいのかわからなくなる。

だけど、多分正しいとか正しくないとかは重要じゃなくて、こいつらみたいに楽しそうだと思ったことに素直に従うことが大切なのかもしれない。

四人はラケットをケースにしまい、肩に背負って歩き出す。ラケット自体は安物なんだろうけど、どう見ても部活帰りの格好だな、これは。

その格好のまま僕たちは水族館へと向かう。

チケットを買い、入場するとオオサンショウウオが僕たちを迎える。水槽にぎゅうぎゅうに詰まっていて面白いというか少し怖かった。

その後も定番の魚たちやアザラシ、ペンギン、クラゲにイルカショーと、僕たちは残された時間で水族館を満喫した。

源がやたらと魚に詳しくて、僕たちはその解説を聞きながら館内を巡る。ただ生き物を眺めるだけじゃなくて、展示の仕方も凝っていたから飽きることなく見終えることができた。

途中、ＳＮＳ映えスポットのようなところがあり、皆はぱしゃぱしゃと写真を撮っていた。こういう内装とか展示をする仕事っていうのも楽しそうだよな、と思いつつその装飾に感心する。

おもむろに高瀬がスマホの内カメラを構え出すと、それに気がついた皆は自然と画面内に収まるように寄り固まる。何の掛け声とかもないのに、すごい連携だな。僕は早く入れよ、と指摘される前に、画面の端の方に入り込んだ。

展示も見て、写真も撮って、存分に水族館を楽しんでいたら、時刻は正午を回っていた。

「昼、どうする」

「ラーメンでいいんじゃね」

「時間的にもぱっと食べられた方が良さそうだしな」

「ラーメンしか勝たんわな」

満場一致で昼食が決まる。またラーメンか、とも思うけれど、それはそれで良いとも思えた。

水族館を出て、駅の方へ戻り、ネットで調べた情報をもとにラーメン屋へ行く。小ぢんまりとした店舗だったけれど、味は間違いなく大正解だった。

腹も満たされたところで、僕たちは京都駅へ戻る。最後はそこに集合して点呼を取り、新幹線に乗って僕たちの町へ帰ることになっていた。

いよいよ修学旅行も終わりを告げようとしている。点呼を済ませてそれぞれの号車へ乗り込むと、行きと大体同じ席の構成で座っていく。

「また一緒やね」

夏目(なつめ)は小さく笑って手を振った。

その顔を見て、僕は嵐山(あらしやま)でのやり取りを思い出す。どういう顔をすればいいのか困ったけれど、今まで通りにしておけばいいか、と割り切った。

「楽しかったか、修学旅行は」

「まあまあやね。あんたのおかげで思ったよりは楽しかったで」

「それは何より」

僕としても、隣がまったく知らない誰かよりは夏目が座っている方が退屈はしない。まあ、その夏目もつい二日前まで知らない誰かとして隣に座っていたんだけどな。

しばらくすると、新幹線は動き出す。どんどん加速して京都の景色は遠ざかっていき、それを眺めていると、この三日間があっという間だったことを強く感じた。

僕と夏目はぽつぽつとこの三日間のことを話した。

夏目はやっぱり単独行動がほとんどだったみたいだけれど、観光自体はそれなりに楽しんでいたようだ。関西に住んでいたとはいえ、行ったことのない場所もあるはず。何にせよ、楽しくないよりは楽しい方がいいに決まっている。

ぽつぽつと話していると、ポケットの中でスマホが振動する。

日高さんから送られてきたのは、紅葉の景色を背景に楽し気に写る四人の写真だった。良い写真だな、と僕はそれを眺める。

「それ、もしかして？」

夏目は僕の方に身体を寄せて、スマホの画面を覗(のぞ)いてくる。女子っぽい柔らかい匂(にお)いと顔の近さに、僕は少しだけ身体を仰(の)け反(ぞ)らせる。

「まあ、一応」

「ふうん、この子」

と言って夏目はこいとちゃんを指差す。

「いや、違う」

僕はそっと日高さんのことを指差した。なんで僕は正直に答えているんだ？

「へえ、意外やね。結構明るくて元気っぽい感じの子なんだ」

「意外ってなんだよ」

「もっとアンニュイな感じの子が好きそうやな、と思ってたから」

僕がどちらかといえば静かな人間だからそう思ったんだろうか。好きなタイプなんて考えたことなかったな、そういえば。

「自分でもわからないから、そういうの」

「難しいなあ、恋愛って」

あまり周囲に聞かれても恥ずかしい会話なので、僕たちはひそひそと言葉を交わす。

「頑張りや、うちも人のこと言えへんけど」

どこか遠くを見るような目で、夏目は車窓からの景色を眺めていた。

頑張る時が来たら頑張らないといけないんだろうな、僕も。

ちゃんと頑張れるんだろうか。経験の浅さなんて言い訳にはならないし、結局は腹を括る気概があるかどうかなのだろう。

賑やかな車内で僕と夏目は静かに到着を待っていた。

改めて僕はこの修学旅行を思い返す。

世界が一変した、は流石に言い過ぎだろうけど、僕の周りの環境は大きく動いたように思う。

上手くやれると思っていなかった人たち、顔も名前も知らなかった女の子、数にすれば少ないのかもしれないけれど、一人一人の持っている世界は計り知れないほど大きい。それが関係性を構築するのだから、世界が広がるのは当然のことだろう。

当事者意識の外れたところで、そんな風にも思う。

世界が広がれば多方面からの刺激に晒され、その中で自分であり続けることを求められる。人や社会から求められるばかりでなく、自らもそれを求めるのだ。

特に学生の内はそれが顕著なんだろうな。

だからこそ、僕たちが今当たり前のように過ごしている毎日というのは、きっと人生においてとても大きな影響力を持っているのだ。

笑えなくなってからの数年間を否定的に捉(とら)えていたけれど、それも今の自分を作っているんだよな。まあ、楽しかったわけではないのだけれど、重要な時間だったのかもしれない。

いつか大人になった時、息苦しかった時間のことを笑って話せる日が来るのだろうか。

未来の僕を作るのは今の僕だ。なら、在りたい姿のために歩き出すしかない。欲しいものがあるなら、自分の手で掴(つか)むよう考える。

そうやって、僕は大人になっていく。


新幹線からバスに乗り換え、夕方には学校へ戻って来た。

見慣れた町に戻って来ても、皆の心はまだ京都の余韻に浸っているようで、どこかしまりのない雰囲気が流れている。たった三日程度離れていただけなのに、見慣れた景色がやけに新鮮に見えた。

到着したバスごとに先生が指示を出して、各自解散となった。旅の疲れも残っているのだろう、いつもより静かな雰囲気で修学旅行は終わりを告げる。

「三日間、ありがとう」

僕は改めて、グループの皆に伝える。

このグループだからこそ、というのは旅の中で何度も思ったことだ。

言わないで後悔するよりも、清々しく終われた方がいいだろう。

「何だよ、気持ち悪いな」

「そういうのって友達同士でわざわざ口にしないもんだろ」

「初めは意味わからない奴来た、って思ってたけど、全然良い奴だったしな」

何当たり前のこと言ってるんだ、と僕の感謝の言葉は軽くあしらわれた。

日高さんの言う通り、高瀬は良い奴なのかもしれない。そして高瀬の言った通り、足立、川島、源、板垣は良い奴で、僕も、こいつらは良い奴だと思った。

これから関わっていくのかどうかは、正直わからない。

修学旅行だからこうして話しただけかもしれないし、普段の学校生活で僕がこのグループに入り込んでいく、というのも少し違う気がする。

けど、いざとなったら僕は皆を頼ることができると思う。

僕も力になれることがあるなら手伝いたいと思うし、そう思える関係を築くことができたのが嬉しかった。

「じゃあ、帰りますかー」

じゃあな、と口々に言って、僕たちは解散する。

僕はキャリーケースを引きながら、駐車場から出ようとする。歩いていると、駐車場に止められた車に夏目が乗り込んでいくのが見えた。僕に気づいた夏目はこちらに手を振ってくる。

僕は控えめに手を振り返した。

そのまま車は僕の横を通って去っていく。運転していたのは恐らく夏目の親だろう。

彼女もこれから、いくつもの壁にぶつかっていくことになるはずだ。

僕と同じように諦めた彼女は、今を投げて未来を見据えている。

僕と似たような状況で、けれど違う道を選んだ夏目。

似たもの同士、夏目が行き詰まった時は僕にも力になれることがあるんじゃないだろうか。

もちろん、彼女がそれを望めばだけど。

夕暮れの空に三日間の思い出とこれからの僕たちを思い浮かべながら、帰り道を歩いていく。

がらがらと転がるキャリーケースの車輪が、自分の町に帰って来たことを自覚させた。

7 跳ねる心と過ぎ行く時間

秋から年末年始にかけては、本当に行事やイベントごとが山積みだ。だけどそれにも波というか間があって、毎週毎週特別な日が続くわけでもない。

修学旅行が終わった今、年内に特別な学校行事はなかった。行事はないけれど、期末テストならある。当たり前のように全国の学生の前に鎮座している。それが喚起するのは、楽しみとは程遠い感情だった。

とはいえ、あれから日高(ひだか)さんとの勉強会は続いており、少しずつだけど身についてきたのを実感している。少しずつ、というのがネックなんだけれど。まあ急激に勉強ができるようになる方法なんてないからこそ、これだけ苦しんでいる人が多いのだ。

「じゃあ藤枝(ふじえだ)君、今日はこれで。私、帰るね」

「ああ、またな」

日高さんは去り際に小さく手を振った。

いつからだったか、時計の音が六時を知らせると、日高さんは図書館を後にしてどこかへ向かうようになった。

一度疑問に思って訊いてみたことはあったんだけれど、「君には内緒だよ」とはぐらかされてしまった。

彼女が隠しごとをするのは今に始まったことじゃない。それでも、君には、という言い方がどうも気にかかっていた。まるで僕にだけは内緒であると言っているようにも思えるし、隠しごとを僕だけにする、というのもいまいち理由が想像つかなかった。

〈女子が人に隠しごとをする時って、どういう時なんだ？〉

僕はメッセージアプリを開き、夏目に相談する。修学旅行を終えて、互いに妙な親近感を覚えたせいか、夏目とはこうして連絡を取るようになっていた。

画面に夏目の返信が表示される。彼女は返信が早い。

〈男とか女とか関係なく、後ろめたいことがある時やろ。知らんけど〉

〈後ろめたいこと……。まあ、そうか〉

無責任な言い方だけど、普通に考えたらそうだよな。

だけど日高さんの素振りに違和感を覚えるところはなかった。どうしても、僕にはそんな風には見えない。

〈あと思いつくことはあるけど、自分で考えや。脳みそ腐んで〉

〈怖〉

そう送って話を終える。考えてないことはないんだけれど、確かに最近人を頼り過ぎなのかもしれない。とはいえ、日高さんにはもうはぐらかされているし、しつこく訊くというのも野暮（やぼ）だろう。

僕は一人で問題集を解き続ける。

こうして机に向かうのも、随分と慣れてきた。長時間ひたすら勉強するのではなく、合間に休憩がてら小説を書いたり読書をすることで、集中力を持続させている。

机の上には図書館の本と、ブックカバーのかかった僕の持ってきた本が並んでいる。

このブックカバーは、修学旅行の後で日高さんに貰（もら）ったお土産だ。

素材は和紙でできており、それが程よく手になじむ。京都の土産だからといって和柄を前面に出しているわけでなく、和紙そのもののテクスチャーを活かした青いブックカバーだった。

日高さんのお土産のセンス、ちょっと良過ぎやしないか。

何となく高そうな素材にも見えるし、僕があげたものと釣り合ってないいんじゃ……。いや、あれはあれで喜んでくれていたし、次に何かをプレゼントする時に、もっと喜んでもらえるものを選ぼう。

勉強の合間に、ついつい頻繁に本に手を伸ばしてしまう。それを繰り返しているうちに、気づけば外も暗くなっていた。

閉館時間までここで過ごすのも、日高さんと会うまでは随分と間延びしたものだったのに、今となっては気づいたらその時刻を迎えている。早く感じる時の流れは充実していることの証拠だろうけど、それと同時に僕の中の焦りを煽っていた。

閉館時間が迫ると図書館を出て、帰路に就いた。

寒さも次第にその度合いを増していく。毎日こうして歩いていると空も空気も景色も、徐々に冬への準備を進めているのを肌で感じられる。僕の好きな季節になってきた。


修学旅行からもうすぐ一週間が経とうとしている。

良い思い出として僕の中に残っている修学旅行だったけれど、その中で一つ、未だに答えの出せていないものがあった。

僕は机の横に置いてある紙袋をちらと見る。自分用に買った八つ橋は、もう食べた。もう一箱、紙袋の中には残っている。

土産として買ったそれは、未だに渡す相手が定まらないまま紙袋の中で眠っていた。足の早いものでもないので、賞味期限に問題はない。けれど、このまま放っておいてもどうにもならないのも事実だ。

椅子の背にもたれて、ため息をつく。

再度考えてみたところで、渡したい相手はやはり思いつかない。

もう自分で食べてしまおうか、と何度か思った。けれど、どうしてかそれは何かから逃げているような感じがして気乗りしない。

渡したい相手はいないけど、渡した方がいいんじゃないか、と考えている相手はいる。渡したからどうこうなるとは思わないし、向こうもそれを望んでいるわけでもないと思う。それでも僕の中に渡した方がいいという選択肢が出ているというのは、今までになかったことではある。

この間父が話しかけてきたことを、心のどこかで気にしているのだろうか。

実際、気にはしているんだけれど。きっと、父も考えているはずだ。自分が声をかけたこと、今更親らしい言葉をかけたことの意味を。

僕は少しだけ、自分が大人に近づいたのを感じていた。

皮肉にも、親との関係を考える中で。

仕事、家庭、体裁、自由、しがらみ。そういったものに晒（さら）されている大人の気持ちが、今になれば少しだけわかる気がしていた。様々なものに付随してくる責任とかそういうものを抱えて生きていくのは、想像しているよりも大変なことなのだろう。

だからといって、僕たちの間の距離が簡単に埋まることはない。

それでも、親から受けた恩恵は自覚しているよりも多いとも思っている。なら、それなりに返すべきものもあるんじゃないだろうか、というのが僕の最近の考えだった。

「はあ……」

僕は別に、なりたくて親と険悪になったわけではない。

溝ができるには溝ができる原因があって、だから僕はこうして親との関（かか）わりを最低限にしているのだ。

いつまでも目を背（そむ）けて、嫌なものを見ないようにしているだけでは、僕はそれに囚（とら）われ続けてしまう気がしていた。

それは僕にとっても好ましいことではない。

言うなれば自分で自分の心を荒らしているようなものだから。

僕は紙袋から箱を取り出して、その上にメモを書いて貼（は）っておいた。これが修学旅行の土産であること、いらなければ捨ててもいいこと、自分にはやりたいことがあって、そのために大学に行きたいこと。

端的に書かれたメモは、ある種自分自身への宣言だった。

過去を清算するのでなく、過去と向き合うために。

僕はその箱を、食卓の上に置いておいた。そこに置いていれば、嫌でも目につくだろう。父とのやり取りを知らない母が見れば疑問に思うだろうが、分からないものには多分触れることはない。

親と僕がわかり合う未来があったとしても、それは随分と先で困難な道だろうとは思う。まあ、その道に繋（つな）がるきっかけくらいにはなるんじゃないか。

どうとでもなれ、と僕は考えないようにして眠りについた。


翌日の朝、食卓の上にそれはもうなかった。

メモの内容は母にとっては訳のわからないものだ。母はそういうものに触れることはない。

ということは、父が持って行ったということだろう。

食べたのか食べてないのか、メモを読んだのか読まずに捨てたのかはわからない。話しかけてきたくらいだから、流石に見てはいるだろうけど。

ただ、置いておいた土産を持って行ったこと自体が、父の出した答えともいえる。

本当に僕に対して思うことがないのなら、土産には手を付けなかったはずだ。その可能性は十分あったのに、そうはならなかった。

つまり、父は選んだのだ。僕と関わることを。

……いや、そんな大げさな話でもないか。

親と子供が関わるなんて、常識的には当たり前のことなんだから。

父がどういう反応をしようが、今の僕にできることはした。

僕たちは親子ではあるけど、それぞれが個人だ。だから考え方も、思うことも、選ぶことも違う。僕が最も決めつけや偏見の目を向けていたのは、親なのかもしれない。

「お腹、空いたな」

僕はパンとコーヒーを用意して、自室へと持って上がる。気がかりだったものがなくなって、僕は階段を軽快に上って行った。


もう何度目かわからない勉強会が、この日もいつものファミレスで行われている。日高さんに僕にみずき、そしてこの日はあいちゃんも参加していた。

「こいとちゃんは参加しないのか？」

「こいとちゃんは勉強したくないみたい。前からずっと勉強嫌いなの」

「誘った時も、明らかに不快そうな顔をしてたもんね……」

まあ、なんとなく想像つく気もする。自分のやりたいこととそうでないことがはっきりしていそうだもんな。単なる偏見だけど。

「でも、こいと頭良いんだよね」

勉強嫌いは同じなのに、どうして差がついてしまうのだろうか、とでも言いたげだ。この世の理不尽に不服そうな顔をして、みずきはぼそっとこぼす。

「そうなの、困ったことにね」

「できるんだったら、もっと上を目指してもいい気はするよね」

日高さんは考える素振りをしながら、白葡萄ジュースを飲みながら提言する。羨（うらや）ましいことであるのは間違いない。みずきもそんな顔をしながら「ちょっと分けてくれてもいいのに……」と天井を仰いでいた。

気持ちはわかるけど、持たざるものは努力をしなければそれを手にすることはできないのだ。努力したって手に入らないものもあるのだから、勉強はまだ実を結びやすい分類だろう。

「でも、私はこいとちゃんのしたいようにすればいいかなと思うんだよね。本当にやりたいことが見つかった時にその熱意を向けられたらそれでいいし。したくないことしている時のこいとちゃんって抜け殻みたいになっちゃうんだよね」

あいちゃんは手元でぱらぱらと教科書を捲りながら言った。日高さんの考え方にも、あいちゃんの考え方にも一理ある。みずきの言っていることには同情できる。

あいちゃんが言ったように、できること＝やりたいことの等式は必ずしも正しいものではない。けれどできてしまうのだから、周囲がそれを羨むのは無理もないだろう。皆が皆、自分の望むものに関係する能力を手にできるのならいいんだけど、世界はそんな風にできてはいない。

「僕は他人のことを羨んでいる場合じゃないからな。ただでさえ出遅れているんだから、才能とかそういう部分に対してはもう割り切ってる」

「悟ったようなこと言って、本当に進歩してるの？」

みずきは僕に訊く。調子に乗るな、と釘でも刺そうとしているのだろうか。

「藤枝君は初めの頃に比べたら、だいぶ進歩したと思うよ。飲み込みも早い方だと思うし」

「…………」

「まあ、僕は勉強嫌いってよりかは、勉強しなくなってから苦手意識ができたって感じだからな。苦手な科目は酷(ひど)いものだけど、それ以外はどうにかなりそうな気もしている」

日高さんがフォローし、僕がそう答えるとみずきは黙った。

残念ながら僕は僕なりに努力はしているのだ。その様子をあいちゃんは勉強しながら見守っている。みずきの方から舌打ちが聞こえた気がしたけれど、空耳だと思うことにした。

やりたいこととできることが結びつくなら、それは大きく有利に働くだろう。

けれど、たとえ結びつかないとしても、色々なことを経験することは、それと同じくらい大切なことだとも思う。遠回りになったとして、それが無駄になるかどうかなんて結局は自分次第なのだから。

自分の殻に籠(こも)って内側ばかり見ていても、狭い世界をただ眺めることになる。

それをひたすら追求することで生まれるものもあるけれど、多くの場合はそうではない。

色々なものに目を向けるようになって、僕はそう思うようになった。

僕にとっては、それが他人だったのかもしれない。

そんなことを考えながら勉強していると、ふと日高さんの筆入れにつけられたストラップが目についた。

猫の顔のストラップだったけれど、随分と間の抜けた顔をしている。よく見れば、みずきもあいちゃんもそれぞれ違った動物の顔をつけている。みずきは犬、あいちゃんはふくろうのストラップだ。

僕の視線に気がついたのか、日高さんはそのストラップをつまんで僕に見せつける。

「お揃いで買ったんだよ。この間、皆でショッピングに行った時に。ほら、可愛いでしょ。それぞれに似た動物のストラップなんだよ」

「へえ」

可愛いかどうかは別として、学生らしい楽しみ方ではある。僕はそういう文化になじみがなかった。男子ってそういうお揃いとかするんだろうか。修学旅行のことを思い出してみるが、特にそんな話があった覚えはない。

並んだ動物の顔を見ていると、日高さんとあいちゃんは何となく合点がいった。

けれど、

「茶屋さんっていうほど犬か？」

「文句あるの？」

「いや、文句っていうか。犬って忠実だったりそういうイメージがあるから。茶屋さんってそんな感じしなくないか」

「ええー、みずきは犬っぽいよ。藤枝君には攻撃的だけど、普段はそんなことないし。案外喜怒哀楽もはっきりしてるんだよね」

なんで僕だけには攻撃的になるんだよ。確かにみずきが日高さんに対して牙をむいているところは見たことがない。むしろ相当懐いている。僕が一体何をしたと言うんだ。

「みずきちゃん、日高さんと仲良しだもんね。普段の様子を見ていると、日高さんの前では割と犬っぽいと思うよ」

今この場にいるみずきと学校で過ごす普段のみずきとは、ちょっと違うということか。どこでも同じ態度の人なんてそういないだろうし当たり前なんだけど、無暗に牙をむけないで欲しいものだ。

「そうなのか。でもまあ、そういうお揃いみたいなのっていいよな」

「藤枝君もお揃いにする？」

良い案だね、と言わんばかりに日高さんは提案してくるけれど、僕は断った。

四人でお揃いをしたところに、いきなり僕が入り込むのはちょっとおかしいと思う。それに、何だか恥ずかしいというかむず痒いというかそんな感じがする。

「こいとちゃんは何の動物なんだ？」

四人で行ったのなら、こいとちゃんもお揃いのストラップを買っているはずだ。

というか、よく考えたら四人で出かけるまでになっていたのか。

関係の深まり方というか、時の流れというか、僕が知らないところでどんどん様変わりしていくんだな。当然のことなんだけど、面白いような嬉しいような気持ちになる。

「こいとはうさぎ。中身はそんな可愛いもんじゃないけどね」

みずきは答える。こいとちゃんの中身がどんなものなのかは未知数なところがあるけれど、確かにその小柄な見た目の内に何かしらの強さを隠している感じはする。

「こいとちゃんは案外現実主義というかシビアなところがあるよね」

日高さんも同じように感じているようだ。ふわふわした雰囲気とのギャップで、よりそう見えるのかもしれない。

「こいとちゃんも案外普通の女の子なんだけどね」

あいちゃんは苦笑する。この場で最もこいとちゃんのことを知っているのはあいちゃんだ。どれくらいの付き合いなのかはわからないけれど、ぱっと見ただけでもその仲はかなり深そうに思えた。

「みずきも結構、こいとちゃんと打ち解けてきたよね」

「私もみずきちゃんとこいとちゃんが仲良くできるかちょっと不安だったんだ。これからもよろしくしてあげてね」

優しく微笑んであいちゃんはみずきにお願いする。

みずきは複雑な顔でそれを見ていた。女子の方が人間関係が複雑だとよく耳にするし、それが本当なのかはわからないけれど、彼女たちは上手(うま)くいっているようで良かった。

「っと、いけない。皆、勉強に戻ろうね。期末テストまでもう残り少ないんだよ」

日高さんは僕たちに向けて軌道修正を指示する。ついつい脱線してしまうけれど、それも仕方がないだろう。

あいちゃんは教える側の人間だったので、今日は先生二人と生徒二人の構図で勉強会は行われた。あいちゃんも優秀な先生であり、日高さんとの連携で僕とみずきの疑問を次々に捌(さば)いていった。

日が暮れたところで勉強に区切りをつけて、そのままファミレスで夕食を食べる。

頭を働かせてお腹が空いたのか、日高さんはそれなりの量を食べていた。日高さんは食べるのが好きだということも、僕はもう知っている。

彼女たちが四人で遊びに行った時の話になり、内容を知らない僕は静かに話を聞いていた。どこのカフェに行っただとか、どこの服を買いに行っただとか、きらきらとした話を楽し気に繰り広げている。

「また今度、藤枝君も一緒にどこか遊びに行きたいね」

次どこへ遊びに行こうか、と話しているところで日高さんは僕の方へ話を振る。断る理由なんてなかった。

「たまには息抜きも必要だしな」

「そうそう！」

頑張らないといけないけれど、そればかりでは気も滅入(めい)ってしまう。誰(だれ)だってそうだろうし、遊べるうちに遊んでおかないとな。

食事を済ませて外に出ると、冷たい風が頬を撫でる。十一月を越えれば、本格的に寒くなってくるだろう。去年の冬を思い出そうにもその輪郭は漠然としている。ただ寒かったという記憶だけが、記憶の泉の奥に沈んでいた。

「私こっちだから」

あいちゃんはそう言って僕の帰り道と反対側を指差す。じゃあ、この辺りで解散か。日高さんは自転車だし、みずきはどの方向へ向かうのかは知らないけれど、恐らく僕とは違う方向だろう。

「なら私は咲良と」

「みずきはあいちゃんと同じ方向でしょ」

ついて行こうとするみずきを、日高さんは軽くあしらう。ええぇ、と言いながら日高さんに背中を押されて、みずきは方向転換させられた。

僕はみずきに憐みの目を向ける。

「……なに?」

「いや、なにも」

慣れないうちはみずきの鋭い目つきも怖かったけれど、今となっては何だか愛嬌があるように思えてきた。もう少し僕に対しての態度を軟化してくれてもいいとは思うけれど。……もしかすると、高瀬も僕に似たようなことを思っていたのか？

「それじゃあ、またね」

別れの挨拶をして軽く手を振り合いながら、それぞれの帰路に就いた。

勉強で熱の籠った頭を冷やすように、僕はゆっくりと帰り道を踏み潰すように歩く。

ふと空を見れば、澄んだ空に星がよく見えた。この時期は空気が冷たいせいか、空が綺麗に見えるのだけれど、何度見上げても飽きることはない。

ぼうっと空を見上げながら頭をクールダウンしていると、路地の曲がり角で自転車に跨った女子生徒が立ち止まっていた。

「やあ」

日高さんは僕に向けていたずらな笑みを浮かべる。街灯に照らされた彼女の瞳が怪し気に光る。

「……何してるんだよ」

僕は素朴な疑問をぶつける。今日はもう解散したはずなんだけど。

「何って、たまには藤枝君と散歩でもしようと思って」

「散歩にしては遅い時間だな」

「夜にする散歩も乙なものでしょ」

「それは一理あるけど」

言われて思う。確かに修学旅行以降、日高さんとこうして歩くことが少なかったかもしれない。

勉強会という名目で集まるようになったから、というのもあるけれど、単純に二人だけの時間が減ったのだ。

だからこうして、いきなり日高さんが現れたことを嬉しく思ってしまう自分がいる。

「登場の仕方、初めて会った時みたいだな」

「そうかな？　私はいつもこんな感じだよ」

記憶を探りながら、日高さんは口元に軽く握った手を当てる。僕はその姿を横目で見る。こぼれることのない笑みがこぼれそうになった。

「藤枝君はさ、大学行くんだよね」

日高さんは唐突に話を切り出す。

わざわざこうして合流してくるのだから、何かしら理由はあると思っていた。

「行くんだと思う。そのために勉強しているんだしな」

「それはそうだよね」

そっかあ、と日高さんは小さく吐息を吐く。足元の少し先を見ながら歩く日高さんは、きっと何かを考えている。

「遠くに行くの？」

「遠くに、か。どうなんだろうな。そりゃあ、行きたい大学が見つかって、それが遠い場所にあったらそうなるんじゃないか。何にせよ、決まるのはもう少し先になると思う」

何とも言えない、というのが正直なところではある。

僕はずっと、この町から早く出て行きたいと思っていた。けれど、今は少し揺れている。

「みずきも音大ってなると、この町からは出て行くことになるの。この辺りに音楽系の大学はないし。皆それぞれの進路に進むんだよね。それが当たり前だし、喜ばしいことなんだけど、少しだけね」

「少しだけ、か。気持ちはわからないでもない」

僕が言うと、日高さんは小さく驚いて覗き込むように顔を見てくる。

「藤枝君もそんなこと思ったりするんだね？」

「僕を何だと思ってるんだよ」

「まあ確かに、ちょっとロマンチストというか感傷に浸るところがあるよね。私も君も、ようやく人と関わることをまた始められたばかりなのに」

日高さんは眉を困った時の形にして笑った。

「だけど、それってこれから先ずっと続いていくものだろ。僕たちにとっては今が全てかもしれないけど、大きな目で見れば氷山の一角に過ぎない。今過ごしている時間は、そのうち過去になってしまう。そう考えるとな」

どうしても、日高さんの前では本音をこぼしてしまう自分がいる。

彼女が僕の警戒心を解いているのか、それとも彼女なら受け止めてくれると思っている僕がいるのか。

「そんなことないよ！」

強く、日高さんは言った。

僕はその声に少し驚いた後、彼女の目を見る。日高さんも視線を外すことなく、僕たちは自然と見つめ合う形になる。

「日高さんが言うと、そんなことない気がしてきた」

「また適当言ってる」

「本当だ」

そう、これは本当。

理屈なんて僕にもわからない。まるで日高さんの言葉には魔法が宿っているんじゃないかとさえ思えてくる。出会った時から、僕のことを導いてくれるのは日高さんの言葉だったり、笑顔だった。

「気がしているだけじゃ駄目だよな。そんなことないようにするのは、これからの自分たちなんだから」

「そうだよ。ずっとこのままってわけにはいかないかもしれないけど、折角出会ったんだからその縁はいつまでも大切にしたいって思うんだ。みずきも、こいとちゃんも、あいちゃんも、もちろん藤枝君も」

日高さんが望むように、僕もこの縁が続くことを心から望んでいる。

居心地が良いだけじゃなく、個人と個人が向き合った上での関わり合いなんて、いくらでも出会えるものではない。少なくとも僕と日高さんはそうなれると思っているし、今でも十分そうであると思っている。

「日高さんは？　この町を出るのか？」

僕の質問に、日高さんは真っ直ぐ前を見たまま口を噤んでいた。自転車のタイヤがからからと鳴って、僕たちの間の沈黙を埋める。その時間の長さが、日高さんの中にある悩みの大きさなのだろう。

しばらくして、日高さんは口を開く。答えは出たのだろうか。

「わからない」

そう言って彼女は笑った。

「そうか、わからないか」

僕も静かに、穏やかな気持ちで頷いた。

日高さんがわからないのなら、他の誰にもわかるはずない。答えを導き出す鍵は彼女の中にあるのだから。

「ごめんね。待たせておいてがっかりするような答えで」

「いや、いいさ。むしろ少し安心したよ。日高さん、一人で突っ走ってしまうところがあるし、悩んでいるのもなんとなくわかっていたから」

僕の言葉に、日高さんは恥ずかしそうに笑った。沈黙の間に歩みを進め、それぞれの帰路への分かれ道を目前としていた。

「ばれちゃってたか」

「ちょっとずつわかるようになってきた。ずっと見てたから」

自分で口にして気がつく。失言だ、と。

僕が恐る恐る隣を見ると、日高さんは目を丸くしてこちらを見ていた。

「……それは、言葉の綾というか」

しどろもどろになりながらもなんとかはぐらかそうとする僕に、日高さんは楽し気に笑いかける。

「見ていてくれたの、知ってたよ」

笑顔で日高さんがそう言ったのを見て、時間と心臓が止まったような錯覚に陥る。

日高さんの言葉が、頭の中で繰り返し響いた。他人にこんな感情を強く抱くのは初めてかもしれない。

言葉にしようにも言葉にならない。温かくて、恥ずかしくて、苦しいような、でも幸せを感じるそれを、一言でなんというのかを僕は知っていた。

僕は日高さんに、恋をしている。

改めてその言葉を自分の中で転がすと、よくわからないけれどしっくり来てしまうという複雑な感情が芽生える。しばらく前に芽生えて、触れ方がわからなかった感情。いつまでもそのままにしておくわけにもいかないだろう。

「どうしたの？」

僕の反応が薄かったからか、日高さんはまた僕の顔を覗き込もうとしてくる。反応が薄いのは心と頭が複雑に交錯しているからであって、今顔を見られるのはまずい。きっと、どうしようもなく赤面しているのだと思う。自分でもわかるくらい、顔が熱かった。

「何でもない……」

僕は日高さんの方から顔を背ける。

深呼吸をすることで何とか平静を装いつつ、状況を誤魔化すべく話を切り上げた。

「もうこんな時間だ。丁度分かれ道だし、今日はこの辺りで」

「あっ、本当だ。じゃあ藤枝君またね！」

僕の言動を少し不思議に思いながらも、日高さんは自転車に跨って、僕に手を振る。街灯の明かりが薄ぼけていたので、僕の顔の赤さまでは気がつかなかったのだろう。

僕はその場に立ち尽くして、自転車を漕ぎ出す日高さんの背中が暗闇に溶けていくのを眺めていた。僕は自分の指先を見つめる。冷たいはずなんだけど、冷たくない。

ようやく歩き出した僕は、帰り道の間に昔の自分を振り返っていた。

僕は日高さんに高瀬を紹介した時、日高さんを奪うと発言した高瀬に対して、よくそんな怖いことを口にできるものだと思った。人が自分のものになるなんて、傲慢な考えだ、と。

確かに今でも、その考え方に対して怖さを感じている自分はいる。責任も、不安も、僕が一人で抱えきれる自信はなかった。

頭の冷静な部分では僕には無理だと警鐘を鳴らしているのに、心がそれを無視して強く跳ねようとする。

何だか、すごく疲れた。

僕は暗い帰り道を、ひたすら無心であろうとしながら歩き続ける。一歩一歩踏み出す度に心が揺れ、振り切るように次第に足早になった。

僕にはもう、星なんて見る余裕はなかった。

あおとさくら

AO&SAKURA

8 月だけが知っている

やるべきことがある時に限って、時間の流れが早く感じるのはどうしてなんだろう。

疑問に思ったところで、過ぎた時間をどうこうするのは人には不可能だというのが、周知の事実である。

過去を変えられないのであれば、これからを変えればいい。

ということで始めた勉強だったけれど、その成果を測る一つのタイミングの期末テストが行われた。

テストは一週間かけて行われる。一日二、三教科ずつくらいなので、午前中にテストを受け、午後から翌日のテスト科目の最終対策をする。なるべくそういった時間の使い方をするよう心がけた。抜け目なく、できる限りの力を出そうと。

僕みたいな学力の人間にわざわざ付き合ってくれた人たちのために、やれることはやっておこうと思った。

「藤枝(ふじえだ)君、テスト全教科返ってきた?」

「ああ、今日で揃った」

　僕は手元に返却されたテストの束を用意する。僕の前に座っているのは日高さん一人。今日図書館に来ているのは、僕と日高さんの二人だった。日高さんは真剣な眼差しで、僕の手元の紙の束を見つめている。

「何だか私の方が緊張しちゃうよ」

　日高さんは大きく息を吸って吐く。対する僕は、落ち着いていた。まあ、僕はもう結果を知っているからな。じたばたしても、結果が変わることはない。

「まあ、見るといいよ。今更テストの結果が変わるわけでもないから」

「うん。それじゃあ、見ます」

　僕は手元の紙束を裏向きのまま日高さんに手渡す。日高さんはそれを受け取って、もう一度深く呼吸をした。

　答案用紙を束のまま裏返して、一枚一枚日高さんは捲っていく。

　なるべく感情を表に出さないよう心がけているみたいだったけれど、答案用紙を捲るごとに小さく反応するから、何を思っているのか丸わかりだった。

「藤枝君」

　日高さんは少し目を見開いて、僕の名前を呼ぶ。僕はこくりと頷いた。

「すごい！　どの教科も前回より全然取れてる！」

「大して高得点ってわけでもないけどな」

「まあ……。結果も大事だけど、藤枝君が勉強に励むようになったこと自体に意味があると思うよ。苦手なものを克服しようなんて、中々できることじゃないから」

しみじみと言う日高さんを見ていると、沸々と達成感が湧いてくる。

自分がこれだけ頑張れるとは、正直思っていなかった。

けれど、やっぱりこれは僕一人の力ではどうにもならなかったことだと思う。日高さんやあいちゃんが先生役として、それからみずきの言葉に発破をかけられたからこそ、僕はこうして頑張れている。

ふう、と僕は息を吐く。

日高さんに見せて、ようやく張りつめていたものが解けた気がした。

正直、手放しで喜んでいいような点数でもない。けれど、赤点ばかりだった僕が平均点くらいまで点数を取れたというのは、半年前までの自分では信じられないだろう。

「まだまだこれからだ。というか、もうすぐ受験生になるんだ。気を抜いていられないし、小説も書かないと」

やりたいことはたくさんある。

時間は有限だし、体力も気力も限界がある。その中で何ができるか、どうなれるのか、楽しみに感じている自分がいて面白かった。

「無理はしないでね。ちゃんと休むんだよ」

「ほどほどに頑張ることにするよ」

「そうだね。今日まで頑張ってきたんだし、ちょっとくらい休んでも罰は当たらないと思うよ」

流石に僕も今日くらいは休もうと思っていた。ゆっくり寝て頭を休ませ、また明日から頑張ろうと。

この日、僕たちは勉強をしなかった。

その代わりに、互いに適当な本を見繕って広げ、それを読みながらたまに言葉を交わす。館内を歩く誰(だれ)かの足音や、窓の外から聞こえてくる風や車の音、鳥の鳴き声。

季節が変わっても、出会った頃となんら変わらない景色がそこにはある。時間の中で当然それらも変わっていくのだけれど、それよりも早く変わったのは僕たちだ。

僕も流石に自分が変わったことを自覚しているし、ちゃんと変われているんだという自負もある。変わることばかりが良いことではないのかもしれないけれど。

僕と日高さんはこうして今日も、当たり前のように向き合っている。

けれど、いつかこの時間にも終わりが来る。高校を卒業した僕たちがどこへ向かうのか、今はまだわからない。

たとえ離れることになったとしても、またいつか日高さんとこうして向き合っていられる未来を、僕は望んでいた。それが遠く先の話になったとしても。

できればだけど、その時は彼女の優しく温かい笑みに同じ温度で笑い返せるようになっていたいと思った。

穏やかな時間の中で、僕はいつの間にか眠りについていた。

座ったまま眠っていたから、起きた時に首に痛みを感じる。起きたばかりの霞んだ目をこすりながら顔を上げると、日高さんが子供を見守るような笑みを浮かべてこちらを見ていた。

「おはよ」

「……どれくらい寝てた？」

「三十分くらいだよ。つついても起きなかったから、寝かせておくことにしたんだ。疲れがたまってるんだよ、君」

日高さんはふふ、と笑う。

自分で思っていた以上に、疲れていたのかもしれない。随分と心地よく眠れた気がした。僕はカバンにしまっていた採点済みの答案用紙の束を取り出して、ぱらぱらと捲る。

「どうしたの？」

「いや、夢じゃないよなと思って」

確認すると、しっかり現実だった。

良かった、あのテストの点数が全部夢の話で、本当はあれだけやっても赤点まみれだったらどうしようかと思っていた。

「大丈夫だよ。テストの点も現実だし、君がいびき掻いていたのも現実」

「え、嘘だろ？」

「うん、嘘」

本気で焦った。そんな恥ずかしいところを見られていたら、今すぐこの場を立ち去るところだ。地味に現実的な冗談はやめてくれないか。

一呼吸ついて、僕は手元に置いていた小説をおもむろに開く。

ええと、どこまで読んだんだっけ。と、指先でページを捲っていく。ようやく大まかな位置を思い出してきたところで、日高さんが僕に声をかけた。

「居眠りしちゃうくらい疲れてるんだね。心身共に休めないと。と、いうことで、クリスマスパーティーをしようね」

「は？」

思わず、声が出る。

いや、唐突過ぎるだろ。しかもクリスマスパーティーって、確かにもう少しで冬休みに入ってクリスマスを迎えるけれど。

「は、じゃなくて。ちなみに藤枝君は強制参加だよ。いや、強制サンタだよ」

「なんで僕がプレゼント配布役を押し付けられないといけないんだ。というか、酷い言葉遊びだな」

「それはどうも」

と、日高さんは僕の放ったナイフを軽くいなす。いなすというか、刺さってはいるはずだけど刺さってないことにしている。時折こういったしょうもないネタを挟んでくるし、僕もそれに辛辣な返答をするのでもう慣れてきたのだろう。

「だって、折角友達も増えたのに、まだみんなで遊んでないでしょ。修学旅行終わってからもずっとテスト勉強してたし……。ね、いいでしょ？」

「……別に、誘われたら断らないけど」

「ほんと⁉」

僕はこくりと頷く。

断る理由がない、というか行かない理由がない。僕にとっても嬉しい誘いだった。駄目だな、何だかもう日高さんの頼みなら何でも聞いてあげたいという気持ちが心から滲み始めている。彼女の喜ぶ姿が見たいと、本能的に求めている気がしてならない。

「じゃあ、藤枝君も友達を誘っておいてね」

「いや、そんな大人数ですることもないいんじゃないか。だって、みずきやあいちゃん、こいとちゃんも誘うんだろ？」

「誘うけど、藤枝君にも誘って欲しいの。勉強だけじゃなくて、こっちの方の成果も見せてもらわないと」

「誘え、って言われてもな……」

一体、誰を誘えというのだ。

と、考えた時に、まず思い浮かんだのは高瀬だった。

高瀬かあ……。現実的なラインではあるけれど、あいつ日高さんとは色々あったからな。今どういうスタンスでいるのかは知らないけれど、恋を追い求めていることには違いない。とはいえ、あいつは思ったより悪い奴じゃないんだよな。

修学旅行のグループの誰か、というのも頭によぎるけれど、流石にまだそんな仲でもないし。だったら、夏目を呼ぶのはどうだろう？

彼女は今のスタンスを貫くと言っていたけれど、僕はやっぱり人と関わることが大事だと思う。それを勧めるという意図も含めて、夏目を呼ぶのもありなのではないだろうか。

お節介といえばお節介だけど。

「まだ時間はあるし、ゆっくり考えたらいいよ」

「そうだな、少し考えてみる」

僕は一度頭を悩ませるのをやめて、深く息を吐いた。

誘われる機会は増えても、自分から誘う経験が未だに乏しい僕にとっては難しい問題だ。誘い方というより、誰を誘うか、という点が特に。

まあ、今のところ高瀬と夏目の二択だろうな。

まだ高瀬の方が面識があるぶん、日高さんからすればましなのかもしれないけれど。いや、彼女は高瀬を実質振っているわけだから、むしろ気まずいのか？

僕は頭を振って、思考を振り払う。

一つのことに意識を持っていき過ぎる悪い癖（くせ）だ。

「何人誘ってくれてもいいんだよ」

日高さんは冗談めいた口調で言う。

「簡単に言ってくれるなよ」

僕が眉（まゆ）を顰（ひそ）めると、日高さんは楽しそうに笑った。

窓の外には白んだ空が見える。十二月に入り、風も随分と冷たくなった。外を歩けば顔や手先が冷たいし、植物は少しずつ衣を脱ぎ始めている。

もうすぐ今年も終わるのだという実感が伴い始めていた。今年が終われば、来年が来る。年度が変われば僕たちも高校三年生だ。

来年のクリスマスは、もうパーティーだとか呑気（のんき）なことは言っていられない可能性もある。高校生活の中で純粋に楽しめるのは、今年が最後かもしれない。

残された少ない時間を、折角なら楽しく過ごしたい。

僕の中にもそういう気持ちが芽生えていた。

「高瀬、良いか？」

「何だ。藤枝？」

　冬休みに入る三日前、僕は高瀬に声をかけた。

　恐らく、長期休暇中の予定でも立てていたのだろう。修学旅行の時のメンバーが集まってわいわいと話し合っているところだった。

「藤枝じゃん」

「藤枝も一緒に遊びに行くか？」

　と、彼らは何気なく僕のことを誘ってくれた。

　こいつら皆やっぱり良い奴だな、と再確認する。

「良いのか？」

「駄目なことないだろ」

　何言ってるんだ、と足立（あだち）が僕のことを見る。当たり前のように受け入れられることに僕はまだ少し慣れていないみたいだ。いちいち心の底が温かくなって仕方がない。

「……ありがとう。その話はまた今度お願いするよ。とりあえず、ちょっと高瀬を借りてもいいか？」

「おう、高瀬ならいくらでも持ってってくれ」

「おいー、扱いが雑だぞお前ら」

そう言いつつ、高瀬は僕の後をついて廊下に出る。空調の効いていない廊下は寒くて、高瀬はポケットに両手を突っ込んでいた。

「それで、話って何だよ」

「日高さんがクリスマスパーティーをするんだけど、来るか？」

単刀直入に僕は切り出す。

「えっ、良いのか？」

「僕も友達を誘って来いって言われたから、仕方なくな」

「まさかそれで俺を選んでくれるなんて……。藤枝、もしかして俺のこと好きなのか？」

「気持ち悪いこと言うな。消去法に決まってるだろ」

ええ、と不服そうな顔を浮かべる高瀬。

実際、僕は先に夏目のことを誘っていた。けれど、こうして高瀬を誘っている辺りで察せられるだろうが、断られたのだ。

〈クリスマスパーティーに誰かを誘って来いって言われてるんだけど、夏目来ないか？〉

数日前、僕はそうメッセージを送った。

もしかしたら、夏目が人と関わろうとするきっかけになるかと思って。

〈それって、誰が来るん？〉

〈僕、日高さん、日高さんの友人数人とか〉

〈行くわけないやろ、そんなの。藤枝がうちを誘ってそのパーティーに行ったら、角が立つこと間違いなしやん〉

〈いや、別に立たないと思うけど……〉

〈あんたに恋愛はまだ早いわ。うちもクリスマスに向けて恋愛に忙しいから、そのパーティーには行かへん〉

と、いった感じに断られてしまった。

その恋愛が失敗したら来れるんじゃないか、と思ったけれど、流石に失礼過ぎるから自重した。その結果、こうして高瀬を誘うという現状に至る。

「ちなみにそれって誰が来るんだ？」

高瀬は僕に訊く。初めから伝えておけばいいんだけれど、つい忘れてしまう。僕たちの共通の知人といえば日高さんしかいないのだから、疑問に思うのも仕方がなかった。

「日高さんと、あと三人女の子が来るっていうのは聞いてる」

「へえ……、なあ、それって本当に俺が行っても大丈夫なのか？」

高瀬はどこか気まずそうに訊いてくる。

それほど気にしてないような素振りを見せていたけれど、直接会うとなったら違うのだろう。

「大丈夫なんじゃないか。だって、もうそんな風に思ってないんだろ？　一応日高さんにも確認取ってるしな」

「ああ、そうなんだ。……じゃあ、いっか」

さっきとは一転、高瀬は爽やかに笑って僕の誘いを受けた。

単純過ぎて心配になるけれど、お互いに良いと言っているんだから大丈夫なんだろう。

高瀬自身がパーティーの空気を壊すことはないだろうしな。修学旅行の時もそうだったけれど、こいつは案外周りに気を使えるみたいだ。

「なら、日高さんに伝えておくよ。高瀬が参加するって」

「おう、頼んだ藤枝」

よし、これで僕に課せられたノルマはクリアだ。

夏目に断られ、その上高瀬にも断られたらどうしようかと思っていた。そうなれば、僕にはもう打つ手がなかったから。

「それじゃあ、十二月二十五日の昼前にあの図書館で集合してくれ」

「わかった。気合入れて行くわ」

「いや、入れなくていいけど」

高瀬は胸の前で小さくガッツポーズしながら小走りで去っていく。クリスマスを女子と過ごせるのがどうしようもなく嬉しいのだろう。

典型的な思春期の高校生過ぎて少し面白かった。

そしてクリスマスパーティー当日、僕は図書館で高瀬と合流した。もう少し待っていれば、日高さんもここへ来るらしい。会場への道案内が必要だと言っていた。僕たちはまだ、どこでやるのかを聞かされていない。普通に考えて、誰かの家だろうけど。

日高さんからもうすぐ着くという連絡があってから、僕たちは図書館の外に出た。外は随分と寒く、僕も高瀬もコートにマフラー姿で来ていた。

僕たちが外に出たと同時に前方から人影が近づいてくる。

「やっほー、お待たせ。寒くなかった？」

日高さんはもこもこしたアウターにマフラー、手袋と完全防寒仕様で片手に袋を持っていた。遠くから見ると雪だるまに見えなくもない。

「今出たところだから、大丈夫」

「そっか、良かった。高瀬君、久しぶりだね」

日高さんはかしこまって小さく一礼する。

面識があるとはいえ、ほんの少し話しただけの距離感なので、どこかぎこちなさを感じる。

「久しぶり、日高さん。元気してた？」

「うん、元気だったよ」

　高瀬は至って普通に答える。特に動揺した様子もなければ、気まずそうにもしていない。僕にはそれが意外だった。

「じゃあ、行こっか」

　そう言って日高さんは歩き始める。僕は日高さんが持っている袋を手元から奪って、代わりに持つことにした。丁重に扱ってくれとのことだったので、僕はなるべく揺らさないように持って歩く。

「どこに行くんだ？」

「言ってなかったっけ？　みずきの家だよ」

　みずきの家か。どういう家なのかまったく知らないな。でもこの人数を呼ぶくらいなんだから、それなりに広い家なのだろう。

　僕たちは寒空の下を歩いていく。高瀬と日高さんが何気ない会話を繰り広げていたので、僕は一歩下がってその様子を眺めながら歩いていた。

　しばらくその状況が続くと、高瀬が一歩下がって来て僕の隣に並ぶ。

「何だよ、話し終わったのか？」

「え？　ああ、別に普通に雑談してただけだからな。藤枝暇そうにしてたし」

「いや、別に話してればいいだろ。折角日高さんと話す機会なんだぞ？」

　不貞腐（ふてくさ）れているとかそういうのではなくて、純粋に高瀬が日高さんと話したいなら話せばいいと思っていた。僕はいつだって話せるし、こういう機会でもなければ高瀬は話すこともないから。

「なんで俺が日高さんに固執してる前提なんだよ。日高さんのこと好きなのは藤枝だろ？」

いきなりそんなことを言い出すものだから、つい高瀬の脇腹（わきばら）を肘で突いてしまった。良い感じに入ってしまったのか、高瀬は脇腹を押さえて痛みに悶（もだ）える。

「あ、悪い」

「おおお……悪いじゃねえよ。間違ったこと言ってないだろ、俺」

だからだよ、と心の中で反論する。もし日高さんに聞こえでもしたら、肘打ちだけじゃすまないところだったぞ。

……それにしてもこいつ、どうしてわかったんだ。

「二人とも、何やってるの？」

日高さんは振り返って、スピードを緩めた僕たちを不思議そうに見る。

良かった、何も聞こえていなかったみたいだ。

「何でもない」

とだけ答えて、僕たちは小走りで日高さんに追いついた。高瀬は未だ、脇腹を擦（さす）っている。

それから僕たちは三人で他愛のない話をしながら、みずきの家へと向かった。

友達とクリスマスパーティーなんて、初めてじゃないだろうか。そう思うと、少しの緊張と期待が僕の中で生まれる。

皆の中に高瀬が入ったら、どんな化学反応が起こるのだろうか。ふと僕の頭に浮かんできたのは、一人おかしなテンションの高さで楽しむ高瀬の姿だった。

……このパーティー、大丈夫だろうか。

みずきの家に着くと、こいとちゃんが僕たちを迎えてくれた。

みずきとあいちゃんはすでにパーティーの準備を進めているらしい。こいとちゃんは飾り付けを担当していたが、ふざけるからその役を下ろされてしまったそうだ。

「ストーカー君、それ預かるよ」

こいとちゃんは手を差し出して、僕が日高さんの代わりに持っていた袋を慎重に預かる。当たり前のように僕のことをストーカーと呼んでいるが、それに慣れ始めてしまった自分が悔しい。

僕たちは日高さんの後について、皆がいる部屋へと進む。

「藤枝君と高瀬君と日高咲良、到着したよー」

日高さんはそう言いながら部屋に入る。様子を窺うように、僕たちも続いた。

「こんにちはー」

高瀬は控えめに挨拶して、軽く自己紹介をした。

なんだ、案外落ち着いているじゃないか。と、僕は少し安心する。

　僕はというと、パーティー会場であるこの部屋の広さに驚いていた。六人が入っても全然余裕を感じるスペースだ。その上、部屋の端には立派なピアノが置いてある。みずきが普段使っているものだろう。

「広いな」

「でしょ、中学生の頃はここでいつもみずきと演奏してたんだ。広いし、音も漏（も）れないから」

　ある程度防音効果のある部屋なのだろう。これなら賑やかになっても、みずきの家族に迷惑がかかることはなさそうだ。

「もう大体準備はできたかな、あとは食べ物だけど……」

　あいちゃんが部屋の外をちらと覗（のぞ）くと、タイミングよく料理を持った女性が部屋へと向かってきていた。

「もう運んでも大丈夫かしら？」

　扉の向こうからこちらを覗く女性、全体的にみずきに似ているけれど、目だけは彼女よりも穏やかで優しそうな印象を受けた。

「おばさん、こんにちは」

「こんにちは」

　と、日高さんに続いて挨拶をする。恐らく、みずきの母だろう。

「皆、いらっしゃい。ゆっくり楽しんでいってね。お料理、こんなものしか用意できなかったけれど、他に欲しいものがあったら言ってね」

楽し気にみずき母は言う。

こんなもの、と言いながら皿に載せられた料理は見るからに豪華なものだった。まだいくつかあるから、と言ってみずき母は再びそれを取りに行く。

特に何の役割も持っておらず、手持無沙汰にしていた僕と高瀬がそれを手伝うべくキッチンへとついて行った。

「あら、ありがとう」

テーブルに置かれていた料理たちを僕と高瀬で手分けして運ぶ。みずきの母は微笑みながらそれを見ていた。

「君が藤枝君？」

最後に残った一皿を運ぶために僕がキッチンに戻ると、みずきの母は声をかけてきた。

「……そうです」

どうして僕を呼び止めたんだ？　何かしたという覚えはないんだけど。

「咲良ちゃんとみずきから話は聞いてたの。随分とお世話になったみたいだから、お礼を言っておかなくちゃと思って」

ありがとうね、と頭を下げるみずき母。一体何の話を聞いたのか、予想がつかなかった。むしろお世話になっている側だし、お礼を言われるようなことをした覚えはないんだけれど。

「いえ、お世話になっているのは僕の方です。この間もテスト勉強を教えていただいて、そのおかげで随分と助かりました」

「良いね、若いって」

そう言ってみずき母は含みのある笑みを浮かべた。

「何やってんの、藤枝」

みずきが僕を呼びに来る。セッティングが大体終わったのだろう。

「ああ、今行く」

僕は最後の皿を持って、皆の待つ部屋に向かった。みずきと違って明るく人当たりの良いお母さんだ。日高さんとみずきは一体何を話したのだろう。

僕が部屋に戻ると、すでに皆席に着いていた。テーブルの上にはたくさんの料理が並べられ、ツリーやらなにやらクリスマスっぽい飾りが施されている。

テーブルの端では高瀬が所在なさげにそわそわとしてる。知らない女子ばかりだと、それはそうなるよな。僕は高瀬の隣の空席に腰かける。隣に座ると、高瀬の方から安堵（あんど）する息遣いが聞こえてきた。

「それでは皆さん、本日はお集まりいただきありがとうございます」

「なんか飲み会みたいだな」

「緊張してるんだよ、日高さんも」

まあ一応幹事だし、頑張って責任を果たそうとしているんだろう。

「えっと、そうですね。今日はクリスマスです。修学旅行も期末テストも終わって、あと数日で今年は終わってしまいます。来年には受験生になって、卒業すれば皆それぞれの方向に……」

「さ、咲良、落ち着いて」

挨拶が暗過ぎるだろ。自分たちのこの先を憂う会なのか、もしかして。

日高さんは深呼吸をして気持ちを切り替える。

「なので、今日に限ってはクリスマスを満喫しましょう！」

日高さんは手元のグラスを掲げて、乾杯の音頭を取る。それぞれがグラスをぶつけ合って、ジュースを飲んだ。

「それにしても、すごい料理だな」

チキンやらサラダ、キッシュ、ローストビーフなど華やかな料理がテーブルにずらっと並んでいる。こんなに食べきれるのだろうか。

「お母さんが張り切っちゃったから」

みずきは少し恥ずかしそうに呟く。当事者からしたら恥ずかしいかもしれないけれど、良いお母さんじゃないか。

「しかも全部おばさんの手作りなんだよ」

日高さんはローストビーフを頬張りながら言った。とても幸せそうな表情をしている。

「ええ、すごいな」

「どう？　美味しいかしら？」

驚く高瀬にみずき母は声をかける。

「めちゃくちゃ美味しいです！　飲めます！」

「あら、嬉しいけど、ちゃんと嚙んで食べないと駄目よ」

「はい！」と元気よく返事をする高瀬。

これだけ美味しそうに食べられると、みずき母も作ったかいを感じているのだろう。

あいちゃんとこいとちゃんも幸せそうに味わいながら顔を合わせてふふふと笑い合う。僕もチキンやらサラダを食べてみたけれど、お店で売っていてもおかしくないレベルだった。けれど、確かに手料理の温かみを感じられる。僕はちょっと羨ましくも思った。

「クリスマスパーティーが何をするパーティーなのかあんまり知らないんだけど、何かクリスマスっぽいことをするのか？」

しばし会話に華を咲かせつつ料理を堪能したところで、僕は疑問に思ったことを訊いてみた。パーティーというくらいだから、ひたすら食べ続けるだけではないだろうし。

「んー、食べ物ばかりに気を取られて、あんまり考えてなかったかも」

「基本的にパーティーっていう名目で話しながら美味しいもの食べるくらいだよね」

こいとちゃんはポテトを齧(かじ)りながら答える。

「まあでも、一応プレゼント交換はしようって話になってたよね」

そう言いつつあいちゃんは鞄(かばん)から包みを取り出し始める。

「……え？」

「あっ、じゃあ早速プレゼント交換しちゃおっか」

日高さんもどこからかラッピングされた袋を持ってきて準備を始める。みずきも、こいとちゃんも、どうしてか高瀬もプレゼントを持ってきていた。

「どうしたの藤枝君？」

「えっ、いや何でもないけど」

……そういえば、そんなことを言っていたような言っていなかったような。

誰かを誘わないといけない、ということに意識を持っていかれてその辺りの記憶が曖昧だった。どうしよう。

僕は隣に座る高瀬を肘でつつく。

「なんでプレゼント持ってるんだ。僕、そんな話してなかっただろ」

「いやあ、たまたま、な」

自慢げな顔を向けてくる高瀬。

もしかして、言われなくても持ってくるのが当たり前なのか？

いやいや、と首を振りはするが、悪いのは忘れていた僕だ。

流石にこの状況はまずい。と、ふいに打開策を思いついて僕も鞄から袋を取り出した。

「じゃあ、プレゼントを机に集めよっか」

小さな包みやら中くらいの包みやらがテーブルの上に集められる。どれもプレゼント用のラッピングがなされていて、味気ないただの袋に入っているのは僕のものだけだ。

急造で用意したから仕方ないんだけど、ぱっと見の外れ感が否めない。

話し合いの末、交換の方法はくじに決まった。みずきと日高さんが紙を切ってくじを作り、こいとちゃんとあいちゃんがプレゼントに番号を付けていく。僕と高瀬は静かに座ってその様子を見守っていた。

「よしっ、できたよ」

日高さんが適当な袋に数字の書かれた紙切れを入れ、しゃかしゃかと振る。これでプレゼント交換の準備は完了したようだ。

「じゃあ、早速する？」

「いえーい」

と、ノリノリでこいとちゃんは合いの手を入れていた。勢いであるものを出してしまったけれど、残念がられたらどうしよう。今になって怖くなってきた。

「じゃあまず一枚目、みずき引きなよ」

日高さんはみずきに引くよう促す。みずきは頷いて、袋の中に手を突っ込んだ。ゆっくりと紙切れをつまんで取り出すと、半分に折ってあるそれを開く。

「三番」

「あ、私のだ」

みずきが引き当てたのは、あいちゃんの用意したプレゼントだった。可愛(かわい)らしい黄色の包みがみずきの手元に渡される。

「開けていいの？」

「うん、いいよ」

皆の視線が集まる中、みずきは包みの中からプレゼントを取り出す。出てきたのはもふもふとした白い手袋だった。

おおー！　と歓声が湧く。みずきも嬉しそうな表情でその手袋を大事そうに抱えていた。気に入ったのだろう。

「ありがと」

と優しい笑みを浮かべながら、みずきはあいちゃんにお礼を言う。幸先の良い始まり方に、皆の期待は少しずつ高まっているように思えた。

「どんどん行きましょー！」

次に引いたあいちゃんは日高さんの用意した可愛らしいうさぎの形をしたミニライトだった。

日高さんは高瀬の用意したハンドクリーム、そして僕はこいとちゃんの用意した色々な味が楽しめるティーバッグセットだった。

やはり女子が多いとプレゼントがやたらとおしゃれだ。というか、しれっと高瀬もハンドクリームなんて渡しているけど、手慣れてるのか？

「じゃあ次、俺行こうかな」

と高瀬は自ら名乗り出る。袋からくじを引き、出てきた番号は一番だった。高瀬は包装を開け、中身を確認する。

「あ、ブラシだ」

高瀬が当てたのは、みずきの用意した髪用のブラシだった。

「ちょっと……足りないかもな」

何が、とは言わない。でもまあ、使えないわけではないだろうし、良かったんじゃないか。

「伸びるまで大切にしまっておくよ」

と、高瀬は自分の短髪の頭を撫でた。ブラシを使うには、まだまだ時間がかかりそうだ。

「次が最後かな。一応引く？　こいとちゃん」

袋の中に紙は一枚しか残っていないけれど、こいとちゃんは形式的にそれを引いてくじを確認する。記されていたのは六番、僕の用意したプレゼントだ。

「悪い、ラッピングとかしていないけど」

「ううん、いいよ」

嫌な顔一つせずこいとちゃんは袋から僕が急遽用意したものを取り出す。

「あっ、本だ」

「え、なんかおしゃれなチョイスだね」

「少しハードル高いけどね」

みずきの言う通り、ちょっと気取っている感じに取られることもあるこのプレゼントだったが、僕にはそれ以外の選択肢がなかった。そもそもプレゼントを用意していなかった僕は、集まる前に本屋に寄って買っていたこの小説を用意したものだと言い張ったのだ。

「へえ、どんなお話なの?」

「僕もまだ読んでいないんだけど、ファンタジーだ。魔法とか、そういうの。多分広く受け入れられる作品だと思うから、読みやすいとは思う」

僕も気になって買っただけだから、細かい内容は知らない。面白さの保証ができないというのは少々無責任かもしれないけれど、そもそも小説なんて合う合わないの個人差があるのだから仕方がないところはある。多分だけど、プレゼント交換には向いてないいな。

「ありがとう、読んでみるね」

「ああ、良かったら」

これでプレゼントは全員の手元に行き渡ったことになる。

　プレゼントの話を交えて歓談しながら、再び僕たちは料理を食べ始めた。わいわいと食べながら話をしているうちに、ぎこちなかった高瀬も少しずついつもの調子を取り戻し始めていた。ぐいぐい話しかけては、みずきの視線に怯(ひる)んだり、こいとちゃんの独特の空気感に翻弄されたりと、大変そうだ。

　最終的には何故(なぜ)かみずき母と意気投合しており、みずきはそれを複雑な表情で見ていた。

　それなりに話して、お腹(なか)も膨れ始めてきた頃、唐突に日高さんが立ち上がった。

　一体何事だ、と皆が日高さんに視線を集める。

「折角こうして集まってもらったから、見せたいものがあります」

「おおー、一発芸？」

「いや、一発芸ではないんだけどね」

　日高さんは苦笑して答える。

　何をするつもりなんだろうか？

「それじゃあみずき、行ける？」

「いいよ」

　と、みずきは立ち上がって部屋の隅に置かれたピアノの方へ向かう。

　折角の機会だから、みずきのピアノの演奏を皆に聞いてもらいたいということだろうか。確かに、僕もまだ彼女の演奏を聴いたことはない。

椅子に座って準備を始めるみずきの隣で、日高さんもなにやらごそごそと動いていた。

僕が身体を傾けて彼女が何をしているのか確かめようとすると、思いもよらないものが視界に映った。

「えっ」

僕は思わず声に出して驚く。いや、まさか。

「どうしたの藤枝君」

「い、いや、何でもない」

日高さんが取り出したのは間違いなくヴァイオリンだった。

僕は何度も、何かの間違いではと首を捻る。彼女はまだ弾けないはずだ。それなのに、どうして。

「今から見せたいのは、みずきと私のミニコンサートだよ。私がヴァイオリンで、みずきがピアノ。上手くできるかはわからないけど、良かったら聴いていってください」

おおー、と何も知らない高瀬とあいちゃん、こいとちゃんは楽し気に拍手を送る。

事情を知っている僕だけが、その場で見ている光景を信じられずにいた。本当に日高さんは、今からヴァイオリンを演奏するのだろうか。

僕の頭に、あの時の光景がよぎる。

ヴァイオリンを構えたまま、苦悶の表情を浮かべて震える日高さんの姿。僕が知っているヴァイオリンを弾く時の日高さんは、その姿だけだった。

「……日高さん」

呟く僕の顔を見て、日高さんは穏やかな笑みで頷いた。

僕の心はそんな風に穏やかではいられなかった。本当に大丈夫なのだろうか。心配が僕の心を鎖で縛り上げるように締め付けた。

僕と日高さんのやり取りを、みずき以外は不思議そうに眺めていた。

「それじゃ、みずき」

静かに合図した日高さんに呼応するように、みずきはピアノの演奏を始める。

囁（ささや）くような音が部屋の中を流れていき、冒頭から聴いている者の心を奪う。美しい音色は次第に緩やかなうねりを生み出して、再び囁くような音の粒に変わっていった。

日高さんは静かに構えて、その時を待つ。

その真剣な眼差しから、僕は目を離すことができなかった。

日高さんの視線は一瞬みずきに移る。二人は無言でアイコンタクトを取っていた。もうすぐ日高さんの弾くタイミングがやってくるのだろう。

僕の心配をよそに、二人は優しい笑みを浮かべ合っていた。まるでこれから皆に聴かせるのが楽しみだと言わんばかりに、その瞳（ひとみ）の奥は静かな輝きを放っている。

そして、日高さんはゆっくりと動き始める。

日高さんが弓を引くと、繊細で儚(はかな)げな音色がピアノの旋律に重なった。二つの音は元々一つであったかのように溶け合って、僕の心に静かに入り込んでくる。

二人とも本当に幸せそうだった。

二人で弾けることがどうしようもなく嬉しくて仕方ないといった様子で、聴いている僕にもそれが伝わってくる。

当たり前のように美しい音の重なりに心奪われていたけれど、日高さんは確かにヴァイオリンが弾けていた。

何がどうなっているのか、理解が追いつかない。

けれど、目の前の光景を見て僕は心から感じる。

そうか、日高さんは弾けるようになったんだ。

その事実だけで良かった。きっと日高さんにも、僕の知らないところで色々なことがあったのだろう。僕やみずき、あいちゃん、こいとちゃんと関わる中で、日高さんは日高さんである術を見つけたのだ。

それはしがらみだったり執着だったり、取り戻そうとすればするほど溺(おぼ)れてしまうものだ。

だから日高さんは取り戻すんじゃなくて、前に進もうとした。

あの夏から見てきた日高さんは、一歩一歩確かに前に進んでいたのだ。

笑顔の裏で、苦しい思いもたくさんしてきただろうし、上手くいかないことに憤りを覚えることだってあっただろう。もしかしたら、僕の見ていないところでヴァイオリンの練習を続けてきたのかもしれない。

わからないこと、知らないことだらけだったけど、目の前で演奏する日高さんのいきいきとした姿と幸せそうな表情を見ることができて、僕はこの上なく幸福な気持ちになった。

気づけば視界が潤んでいて、上手く二人の姿を見ることができなくなる。見えなくても、二人の奏でる音が彼女たちの心を乗せて、僕の心に流れ込んできた。

演奏が終わるまで、僕はどうしようもなく心を動かされ続けていた。

美しい音の余韻を残したまま演奏を終え、日高さんとみずきは僕らに向けて一礼する。

「わっ、どうしたんだよ藤枝」

僕に起きた異変に気がついたのか、高瀬は驚く。その声につられて僕を見たあいちゃんもこいとちゃんも同じく驚いた表情を浮かべていた。僕以上に、この場で何が起きたのかをわかっていないのだから仕方がない。

「……聞いてないぞ」

僕は涙を拭って、日高さんに言う。

不意を突かれたせいで、こんな恥ずかしい姿を見せてしまったじゃないか。

「えへへ、内緒にしてたからね。驚かせたかったんだ、今の私を見て欲しくて」

「隠してたのって、これか」

日高さんは手を突き出して、自慢げにピースサインを僕に向ける。僕は涙を拭って、惜しみない拍手をした。

「参った、掌の上で転がされていたよ。……今まで聴いた曲で一番良かった。日高さんも、みずきも、本当にすごいな」

「どうも」

みずきも少しだけ嬉しそうに答えた。何だかんだ言って素直なんだよな、みずき。

「どういう状況？」

と、困惑する高瀬に向けてこいとちゃんは言う。

「野暮(やぼ)なこと訊いちゃだめだよ。青春だからね」

「こいとちゃんは何か知っているの？」

「ううん、何も」

そう言ってこいとちゃんはにっこり笑う。

話しているうちに少し落ち着いてきて、僕はこの場から逃げ出したい気分になっていた。いきなり友人の演奏を聴いて、顔をぐしゃぐしゃにしながら泣き始めるなんて、恥ずかしいことこの上ない。

ああ、最悪だ。よりによって高瀬もいるし、呼ばなければ良かった。

「ね、これで君に追いつけたかな？」

日高さんはあの夏の言葉を覚えていた。あの時の宣言を、彼女は見事に成し遂げたのだ。

「追いつくどころか追い越しちゃってるけどな」

「ふふ。藤枝君、私諦めなかったよ」

日高さんは嬉しそうに笑う。少しだけ、彼女の瞳も潤んでいるように見えた。

「知ってるよ。僕の知ってる日高さんって、そういう人だし」

「そっか」

「なあ、もっと聴かせてくれないか。みずきも、お願いできるか？」

「咲良と一緒ならいいけど」

まんざらでもない様子で、みずきは言った。日高さんがヴァイオリンを弾けたのも、みずきのピアノがあってこそなのだろう。

僕がお願いすると、二人は再び演奏を聴かせてくれた。次の曲も、その次の曲も、二人は相性抜群で聴き飽きることがないくらい素晴らしい演奏だった。

僕にとっては、最高のクリスマスプレゼントだ。

「今日はありがとう、楽しかったよ。また遊ぼうね」

「うん、また遊ぼう。高瀬君も、また良かったら」

「呼ばれたらいつでも行きます」

嬉しそうに高瀬は言った。最後までみずき母と仲良くやっていたようだし、一番料理を満喫していた高瀬が、クリスマスを最も楽しんでいたのではないだろうか。

「悪いな茶屋(ちゃや)さん、片付け少し残っちゃって」

「貸し二、ね」

「はいはい」

この調子だと、そのうち茶屋さんの奴隷にされるんじゃないだろうか。ま、そうなる前に逃亡するんだけど。

「えっと、藤枝君と高瀬君は同じ方向だよね」

「あっ、俺ちょっと寄るところあるんで、一人で帰ります。藤枝、日高さんのこと送ってやれよな。男の仕事だぞ」

変に気を使うなよな。まあ、高瀬より日高さんと帰る方が僕としては良かったから受け入れるんだけど。

「ああ」

「それじゃ、お邪魔しました」

高瀬はそう言って暗闇(くらやみ)の中に消えて行った。

すでに辺りは真っ暗で、高い空には澄んだ空気と星々が敷き詰められている。

「私たちも帰ろっか。じゃあね、みずき」

「じゃあな」

家の外まで見送ってくれたみずきに手を振りながら、僕たちは帰路に就いた。静かな街灯が僕たちを照らしている。

「寒いね」

「寒いな」

コートを着てマフラーをしていてもまだ寒かった。歩いていれば、そのうち温（ぬく）もってくるだろうか。

「藤枝君が泣いてるのを見るの、映画振りだよ」

「掘り返すなよ、恥ずかしいんだから」

思い出すと顔が熱くなる。頭を掻きむしりたくなるような気分だ。日高さんは楽し気に笑っているけれど、本当に恥ずかしいんだからな。

「でも、本当に良かった」

夜に溶け込むように静かな声で、日高さんは言った。その一言にはきっと、色々な思いが乗せられている。

「ああ、本当に良かった。これで心置きなく、音大を目指すことができるな」

日高さんは現実を見ながらも、やはり音大に行きたいと思う気持ちが強かったんだと思う。

彼女が望む進路に近づけたことが、僕は心の底から嬉しかった。

「それもだけど、私は藤枝君に聴いてもらえたことが嬉しかったんだよ」

「僕に？」

「そう、藤枝君に。これでようやく、本当の意味で私を知ってもらえた気がするから。それに、君が小説を書き始めたように、私も前に進めたところを見せたかったんだよね。言ったでしょ、追いついてみせるって」

日高さんは明るい声でそう言って、笑った。

その笑顔を見ているだけで、僕の心も嬉しくなる。

「そうか。追いつくというか、追い抜かれたようなもんだよ。日高さんには実績があるんだから。だから、今度は僕が追いかける番だな」

「ふふ、じゃあ私は追い抜かれないように頑張らないとね」

日高さんは気分良さそうに鼻歌を歌い始める。

日高さんの隣に並び立てるような人間に、僕はなりたかった。

全国レベルの実力を持つ日高さんに、実績で並び立つのは中々難しいのかもしれない。彼女も別にそういう意味で言ったわけではないと思う。

それでも僕は、やるからには何者かになれるくらい頑張りたい。

だって、どうせなら格好つけたいじゃないか。

「ね、今度二人でどこかへ行こうよ」

日高さんは鼻歌を止めて、僕の顔を見た。

「唐突だな、いいけど」

そう、日高さんはいつだって唐突なのだ。以前は振り回されることもあったけれど、今はそれさえ心地よい。

「早く藤枝君のことも笑わせてあげないと」

「そういえばそうだったな。僕、笑えないんだった」

「忘れてたの？」

忘れてたというのは冗談だけど、最近あまり意識することがなかったのは事実だ。固執することがなくなったのは良いことなのかもしれないけれど、いつかはどうにかしないといけない気もしている。

「まあ、そのうち笑えるようになるだろ」

「藤枝君も変わったよね。前はあんなに卑屈になってたのに」

「前に進んでいるのが自分だけだと思わない方がいいよ」

静かに日高さんは笑った。

川沿いの道を、僕たちは歩いていた。街灯の数は少なくなり、月明かりが僕たちを照らす。

「そういえば、これ」

「なに？」

僕は鞄から袋を取り出して、日高さんに手渡した。

「開けていいの？」

「ああ」

僕が頷くと、日高さんは袋から中身を取り出す。

「わっ、可愛い。猫のぬいぐるみ？」

「日高さんに似てたから。あげるよ」

「クリスマスプレゼント、別に用意してたんだ」

「まあ」

こいとちゃんに渡ったあの本は元々プレゼントじゃなかったんだけどな。まあ終わり良ければ全て良し、ということで。

「ふふ、嬉しい。ありがと、藤枝君」

日高さんは自分に似た猫のぬいぐるみを大切そうに胸に抱えた。

喜んでもらえて何よりだ。

「……私もお返し、あげた方がいいよね」

「いや、急に渡したから。気にしなくていい。それに、あの演奏はもう最高のプレゼントを貰ったようなものだからな」

僕の心はもう幸福な気分で満たされていた。これ以上幸せになると、かえって良くないことが起こりそうだ。

「藤枝君」

歩く僕の袖を摑んで、日高さんは僕を引き留める。

どうしたのだろうか、と振り返った僕の不意を突いて、日高さんは袖にぐっと力を込めた。

自然と僕の身体は前に傾く。

日高さんの唇が僕の頰に触れたのは、一瞬のことだった。

刹那的な行動だったけれど、確かに残る感触に、僕はその場に動けなくなる。心臓が跳ねるとか、そういうレベルじゃない。まるで全身が心臓になったような気分だ。

薄明かりに照らされる日高さんの顔は、やはり笑っていた。

多分だけど、僕も日高さんも同じくらい顔が熱いんじゃないだろうか。

「クリスマスプレゼント……なんてね。嫌じゃなかった？」

「……全然嫌じゃないけど、普通に死にそう」

「死なれたら困るけど、嫌って言われたら私も死ぬところだった」

冗談めいた口調で言い、日高さんは笑う。

「僕としても死なれたら困るから。なるべく長生きしてくれ」

「藤枝君を笑わせるまでは死なないよ」

「そうか、なら一生死ねないかもな」

「それは大変だね」


それから僕たちは、いつも通りの僕たちで家までの道のりを歩いた。

それができたのはきっと、僕の頭がまだ追いついていなかったからだ。だけど、歩き出してから日高さんの顔を見ることはできなかった。見てしまったら、どうなってしまうのか自分でもわからなかったから。

無事日高さんを家まで送り届けると、僕は頭を冷やすためにゆっくりと歩いて帰った。結果的にはそれが逆効果で、起きた出来事に頭と心が追いついてしまい、僕は悶え死んだ。

自分の表情は自分でわからないから確かではないけれど、盛大ににやついていたって何らおかしくはない。そうだとしたら、僕が抱えていたものはすごく不気味な顔で解消されたことになってしまう。

どうしようもなくなって、最後の方僕は走り出していた。

馬鹿(ばか)みたいな青春のテンプレのような行動だと頭でわかっていても、そうするしかなかったのだ。

幸いだったのは、今の出来事を知っているのが、僕らを照らしていた月だけだということだ。

9 あおとさくらⅡ

Ao & Sakura Section 9

『どうしたの藤枝（ふじえだ）君、いきなり電話なんてしてきて』
『いや、特別用はないんだけど。ただ、明日図書館に来るかなって』
『え？　……うん、行くけど。どうして？』
『あー、何となく』
言葉に詰まりながら、僕は答える。
日高（ひだか）さんと電話、久しぶりにした気がするな。
『……なにそれ』
ふふっ、と日高さんは電話越しに笑った。
追及したところで、僕が答えないことをわかっているのだろう。
『それだけだ。じゃあ、明日』
『うん、また明日』
電話を切ると、僕はベッドに仰向（あおむ）けに転がる。
明日、明日だ。

僕はもう腹を括(くく)っていた。クリスマスの帰り道から、考えていたことだ。そうするしかないと思ったし、一刻も早くそうしたいと思った。

日高さんはもう、前みたいに急にいなくなったりはしないだろう。

だから繋(つな)いでおきたいとかそういうのじゃなくて、純粋に僕は自分の心を伝えたかった。日高さんがどう思っているのかはわからない。単なる僕の押し付けかもしれないけれど、自分を止められるほど僕の理性は機能していなかった。

僕は言葉にすることの大切さを、人と関(かか)わる中で知った。

日高さんも言っていたじゃないか。

勉強じゃない方の成果も見せて、と。

クリスマスから三日後、僕たちはいつものように図書館に来ていた。今日で年内の開館日は最後になる。今年最後の図書館だ。

「一年が経(た)つのも早いものだね」

窓の外の景色を眺めながら、日高さんはしんみりと言った。外には小さな雪がちらほらと舞っている。近年は雪は降っても、そう積もることはなくなっていた。

「高校卒業なんてすぐなんだろうな」

「一日一日が名残惜しく思えちゃうよ」

日高さんは少し寂し気に笑う。僕も同じような気持ちだった。

僕たちはいつものように、向かい合って本を読んでいた。これが今まで積み上げてきた、僕たちのいつも通りだった。

もしかしたらそれも、今日で最後になるのかもしれない。

その可能性だって十分にあるはずだけど、僕の心は揺らぐことはなかった。

「仕方ないだろ、世の中っていうのは変わっていくものなんだから」

「達観したようなこと言って、自分も名残惜しいくせに」

ばれている。

最近は適当にごまかそうとしても、日高さんに見抜かれてしまうことが多い。彼女の僕に対する理解度も、相当に深まってきているのだろう。

「折角高瀬君だったり、修学旅行のグループの人と仲良くなれたのにね。それと、夏目さんだっけ。藤枝君よくメッセージのやり取りしてるでしょ」

あーあ、と日高さんは不機嫌そうな声を上げる。

「いや、してるけど。他愛のない雑談だから、別にそういうのじゃない」

「そういうのって？　私、何も言ってないけど」

いたずらな笑みを浮かべながら、日高さんはふふんと鼻を鳴らした。

いじられたところで、本当に何もないのだ。夏目は白馬に乗った王子様を探しているし、僕はどこにでもいる地味な高校生だから。それも笑えないという地雷付きの。と、一人自虐してみる。ちょっとだけ面白かった。

「お互い忙しくなっても、連絡くらいしてね」

「するとは思うけど。何だ、夏目にやきもちでも焼いてるのか？」

「そうかもね」

攻めたつもりだったけれど、当然のようにカウンターを喰らってしまった。

本気で言っているのかわからないから質が悪い。

以前はこういうことを言うとわたわたとしていた印象があるけれど、最近はどこか大人びた反応を見せるようになった気がする。僕を置いて大人になろうとしているのかもしれない。そう考えると、少し焦った。

「藤枝君は変わらないものってあると思う？」

手にしていた小説を閉じて、唐突に日高さんは訊いてくる。

「久しぶりに聞いたな、日高さんの唐突な質問。あるんじゃないか、ないとは言い切れないだろうし。多分、命に限界のある人間では確かめることはできないだろうな」

「君の回答も相変わらずだね」

日高さんは口元に手を当て、くすりと笑った。

今まで僕たちは何度も、こういったやり取りを繰り返してきた。それなのに、僕はいつまで経っても飽きを感じることはない。むしろその日々が僕にとってかけがえのないものになっていくのをどうしようもなく実感していた。

きっと、相手が日高さんだからなんだろうな。

それ以外、考えられない。

修学旅行を通して、案外僕という人間を受け入れてくれる人がいることはわかった。それでも、これほど一緒にいて安らぎを覚え、尚且つ互いに刺激を与えられる関係はそうあるものではないはずだ。

「私たちの関係も、変わらないままでいられるかな」

壊れやすいものに触れるように、日高さんはそっと口にする。彼女が差し出してきた手を、僕は取らなかった。

「……難しいかもな」

その答えに日高さんはそっか、と寂し気に呟いた。声に乗った重たい響きが沈黙を呼ぶ。

日高さんは僕よりも現実の難しさを知っている。どうしようもならないことだってあると、彼女はその身を持って体感しているのだから。

変わらないまま、と言った日高さんの言葉を、僕は受け取ることができなかった。

僕はこれ以上現実から逃げるわけにもいかないし、手放したくないものができてしまったから。

それに、僕は日高さんと約束したのだ。できる限り前を向いていようと。そして僕は決意した、彼女が立ち止まることがあれば自分が支えようと。

「僕はもう、今のままの関係を終わらせようと思ってるけど」

「え、どうして……?」

動揺と痛みが混じり合ったような顔で、日高さんは言った。

僕の真剣な眼差(まなざ)しを、少し怯(おび)えた目で見返してくる。

そうやって少しの間、僕たちは見つめ合った。僕は決して目を逸らさなかった。日高さんにも、自分にも、向き合うことから逃げてはいけない。

僕は、自分が本当に欲しいものに手を伸ばすことができる人間になりたい。

「僕はもっと、日高さんのことを知りたい」

自然と、背筋が伸びる。

僕の緊張を読み取ってか、日高さんの肩に少し力が入った。

「前も言ったろ、僕は君のことを知りたいんだ。知ってしまったら、変わらないままではいられないことだって出てくる。だけど、変わったとしても、それを含めて僕が君という人間を受け止めればいいだけの話じゃないか」

「すごく難しいこと言ってるよ、藤枝君」

「そうかもな。でも、いいだろ。難しいからって逃げる必要はないし、僕がそうしたいんだ」

そう、僕はずっとそうしたかった。

それが僕が日高さんに見た、希望だった。

震えそうになる声を必死に抑えて、何でもない顔をして、心から、その言葉を告げる。

「僕はさ、日高さんのことが好きなんだ」

「うん……え？　えっ……ええ⁉」

一瞬、日高さんの時間は止まる。

思考が追いついていないのだろう。次第に情報が整理されてくと、顔もみるみるうちに赤くなっていった。声にならない声を上げながら、震える手を口元に当てていた。

僕は人差し指を立てて口元に当て、しい、と慌てる日高さんを落ち着くよう促す。

それを見て少し冷静さを取り戻したのか、日高さんも大きく息を吸って乱れる心を持ち直そうとしていた。平静を装ってはいるが、僕も自分の心臓の音が聞こえてきそうなくらい緊張していた。

「いや、でも……。私、そういう話の流れだと思ってなかったから。急にそう言われてなんて答えたらいいのか」

多分、僕が関係を終わらせる云々と言ったからだろう。

まあ、そのまま受け取ったらもう会うのはやめようとかそういう話になるのか。まったく正反対の意味で使ってたんだけどな。

「いいよ別に。焦ってないし、日高さんが返事をしたくないならそれでもいい。これは僕の自己満足でもあるんだ。ただ思っていることを伝えたいと思っただけで。ちょっと我慢できなかっただけだから」

「いやいや……そういうわけにはいかないよ」

「変に責任は感じなくていいんだ。僕、日高さんのおかげで色んなことを知れたんだよ。自分の狭い世界に閉じ籠(こも)っていた僕を救ってくれたのは、間違いなく君だ。多分、僕は初めから君に魅かれていたんだろうな。じゃないといきなり話しかけてくる見ず知らずの人間なんて相手にしないだろうから」

　僕が話す度に、日高さんが手で顔を覆(おお)う面積は広くなっていく。

　困らせるようなことを言って申し訳ないけれど、伝えずにはいられなかった。

「わかった、わかったから……」

　完全に顔を手で覆ってしまった日高さんは、絞り出すようにそう言った。

「悪い」

　僕は一言謝る。

　すると日高さんは顔を覆った手の隙間(すきま)から目だけを僕の方に覗(のぞ)かせて大きくため息をついた。

「返事も何も、クリスマスの夜のこと覚えてないの？」

「え、いや覚えてるけど」

「だったらわかるでしょ！　その、したでしょ。…………キス」

ぎりぎり僕の耳に届くくらいの声で、日高さんは言った。

「いや、確かにされたんだけど。あれだけじゃ正確にはわからないだろ。それくらいで彼氏面(づら)するなとか、よく聞く話じゃないか」

言葉にしないと伝わらないことだってたくさんあるのだ。

僕は今まで何度もわかった気になっていたという経験があるのだから、自分が勘違いしている可能性は常々頭に置いてある。

「ばか！　私のことそんな人だと思ってるんだね藤枝君」

「べ、別にそういうわけじゃ……」

まずい雰囲気が流れ出す。おかしい、こんなはずじゃなかったのに。ただ僕は日高さんに思いを伝えたくて、返事がもらえるとか、もうすでに答えが出ていたとか、そんなことは頭になかったのだ。

日高さんは呆(あき)れた顔で、もう一度大きくため息をついた。

そして、覆っていた手を外して僕のことを正面から見て言葉にする。

「好き、私は藤枝君のことが好きだよ」

日高さんは目を逸らすことなくそう言った。

息が止まりそうになるくらい、幸せだった。人間は幸せ過ぎると、それに圧迫されて心臓が苦しくなるのだと僕は知る。両手を拝むような形で顔に当て、俯かずにはいられなかった。

「正面から言われると、やばいなこれ」

「でしょ？　いきなり言われたこっちの身にもなってよ」

そう言って日高さんは照れながら笑った。逆の立場だったら、僕は驚きと幸福感に押しつぶされてその場で燃え尽きて灰になっていたかもしれない。

「まあでも……良かった。振られてたら死んでたかもしれない。いや、今さっきのでも死にそうにはなっているんだけど」

「だから死なれたら困るってば」

「結果的に死んでないからいいだろ」

というか、今は死んでも死にたくない。

幸せの頂で今死んでも後悔ないというセリフは使われがちだけど、そんなの僕としてはごめんだ。

「はあ」

と日高さんは天井を仰ぐ。暑いのか、手で顔をぱたぱたと仰いでいた。

「何だか一気に疲れてきた」

僕は頭をぐるりと回して首を鳴らす。全身がふわふわと浮いている感覚に包まれて、頭が重たい。まだ心臓の音は鳴り止まなかった。

「慣れないことをするからだよ」

「慣れないことをしてしまうくらい、熱が籠ってたんだよ」

「何言ってるの？」

自分がどれだけ恥ずかしいことを言っているのかわかっているの？　という意味だろう。そんなのわかっている。わかっていて止められないんだから、仕方ないだろうそれは。

それから日高さんはくすくす笑い出した。

僕は気恥ずかしくて、左手で頭を掻く。

「まさか藤枝君が自分から言ってくるなんて思ってなかったな。びっくりしたし、すごく嬉しかった」

「まあ、半分仕返しだよ。僕もクリスマスは驚かされたから。因果応報ってやつだ」

おかげで寝不足になり、目の下にも薄っすらくまができている。この顔は本来、告白するには適していないんだろうな。

もう、してしまったんだけど。

「あれは……何と言うか、若気の至りってやつだよ、多分」

「わかるよ、僕もよくするから」

だって、若気の至りっていうのは若者の特権だろう？

ならまあ、仕方がないんじゃないか。そう思って自分に言い聞かせる。そうしておかないと、恥ずかしくて身動き取れなくなってしまうから。

何と言うか、浮かれてるな。僕も日高さんも。

手の届かないむず痒さを、僕たちは楽しんでいた。

昔の僕らがこの光景を見れば信じられずに目を細めるだろうし、未来の僕らが見れば馬鹿だなあと笑い飛ばすのだろうな。

今だって、僕の人生のゴールではないのだ。

この先人生はまだまだ続くだろうし、今は単なる過程に過ぎない。僕の過去と未来を繋ぐと今になるのだから、人生っていうのは本当に何があるかわからないものなのだと実感した。

「ありがとう。それでなんだけど、二作目の小説が書けたんだ。修学旅行でたくさんのことに気がつけてさ。日高さんに読んでもらいたくて持ってきたんだけど」

「それは楽しみだね。いやいいんだけど、切り替え早すぎない？」

「切り替えないとこの後の間が持たない、多分」

「あっ、それはそうかも……」

互いに気持ちを前面に押し出すタイプじゃないのだ、僕たちは。

内側に籠った感情は膨れ上がり、いつか爆発してしまう。だから　方向転換してガス抜きしておこうという算段だった。

僕は鞄から原稿の束を取り出して、日高さんへ手渡す。

「読むけど、もう少し浸らせてよ。私、人と付き合うの初めてなんだから」

「奇遇だな、僕もなんだ。だからまあ、わからないことばかりなんだけど」

恋愛初心者同士、慣れない部分はたくさんあるだろう。そういうのは、これから何度も話し合っていくんだろうな。現実とは違うかもしれないけれど、恋愛小説ってそんな感じだし。

何かを思い出したように、日高さんは笑い出す。一体何がそんなに面白いんだろう。

「私たち、付き合ったんだね。何だか面白いね」

「少し不思議な感じはするよな」

「そうだね」

のぼせた時のような感覚が全身を包んでいる。僕たちは何度も視線を合わせて、照れては外してを繰り返していた。

「あっ、そうだ」

と、何かを思いついた日高さんが急に席を立ち上がって本棚の方へ消えて行く。

日高さんの行動は、いつも突発的だ。そこが面白いんだけど。

少しして、たったた、たたったた、たったった、と軽快な足音が聞こえてきた。その瞬間、
僕は笑えないのに噴き出しそうになる。

とんとん、と誰かが僕の肩をつつく。

僕が振り返ると同時に、足音の主は声をかけてきた。

「ここ、座ってもいいですか？」

日高さんはそう言って、僕の隣の席を指差した。僕が何も言わずとも、彼女はそこに腰かける。

「なんでそこに座っているんですか」

僕はあの日と同じように、日高さんに問いかける。

すると日高さんは手で口を隠して隣に座る僕に耳打ちする。

「あお君のことが好きだからだよ」

そう言った日高さんはいたずらっぽく笑った。その笑顔を見て、僕はまた日高さんのことがたまらなく好きになる。

僕が探していたものは、ここにあったんだ。

こんなに素敵なもの、手放せるはずがない。

頑張るまでもなく、僕は日高さんとずっと一緒にいられることを確信した。

日高さんと出会えて、日高さんを好きになって、日高さんに好きになってもらえて、僕の人生がこんなに幸せに溢れていて良いのだろうか。

日高さんの顔を見れば、彼女は笑い返してくれる。

ずっと魅かれていたその笑顔が見られるだけで、僕は幸せだった。

「僕も君が好きだ」

自然と言葉がこぼれる。

そう言った僕の顔を見て、日高さんは今までで一番優しい笑顔を僕に向けた。

「やっと笑ってくれたね、あお君」

彼女が笑う度、僕は何度でも恋に落ちるのだろう。

僕の中にあった存在しない空想の町。

僕はずっと、その町へ逃げ込んでいた。自分にとって自由の、そして居場所としての象徴的な。僕のつくった、僕だけの世界。それなのに、何かが決定的に欠けたままだった。

今、目を閉じると浮かんでくるその町は、いつもと同じ風が吹いている。山の上から町を、空を、海を眺める。

気がつくと、隣に一人の少女が立っていた。

彼女は僕の名前を呼んで、微笑んだ。

ただ、それだけ。

それだけで良かった。

彼女と一緒なら、僕はどこだっていいと思えた。

あおとさくら

Ao&Sakura

あとがき

どうも、伊尾微(いおかすか)です。

「あおとさくら」二巻を手に取っていただき、ありがとうございます。

一巻の怒涛の改稿を終えた後で、数か月後に二巻が出るらしいけど本当にいけるんかいな、と思っていた頃もありましたが、こうして無事にお届けできることを嬉(うれ)しく思います。

一巻を書いていた当時は、昔の自分を思い返していましたが、二巻で彼らの物語を書いている頃には、何となくキャラクターが自分の手元を離れていった感覚がありました。それはきっと自分の成長でもあり、悩んで笑って馬鹿(ばか)をして、という青春から少しずつ手が離れていることの表れでもあるのかもしれません。

とはいえ、やはり僕は青春にしがみついていたいと思う人間です。

手が離れるなら足で、それでも駄目なら噛(か)みついて、形は変われど青春を書き続け、読者の皆様に届けられたらな、というのが一つの目標でもあります。

頑張れ、自分!!

ということで、以下、謝辞を。

椎名くろ先生。

前回に引き続き、素敵なイラストをありがとうございます。

僕は冬の装いが好きなので、非常に感謝の気持ちでいっぱいです。どのイラストも最強可愛過ぎる……。

担当編集のぬるさん。

初稿は中々のものを提出し、打ち合わせ中に自分でも笑ってしまいました。すみません。直してだいぶ良くなったと言ってもらえた時に、ようやく生を感じました。今後ともよろしくお願いします。

読者の皆様。

こうして二巻をお届けできるのも、皆様の応援があったからだと思います。たくさんの方に読んでもらえるのが本当に嬉しかったので、これからも頑張って世に作品を出していければな、と思っています。頑張ります。

それでは、この辺りで終わらせていただきます。

改めて、「あおとさくら」一巻二巻共々、よろしくお願いします。

では、またお会いできることを願って。ありがとうございました。

ファンレター、作品の
ご感想をお待ちしています

〈あて先〉

〒106－0032
東京都港区六本木2－4－5
SBクリエイティブ（株）
GA文庫編集部 気付

「伊尾 微先生」係
「椎名くろ先生」係

本書に関するご意見・ご感想は
右のQRコードよりお寄せください。

※アクセスの際や登録時に発生する通信費等はご負担ください。

https://ga.sbcr.jp/

あおとさくら2

発　行　　2022年11月30日 初版第一刷発行

著　者　　伊尾　微
発行人　　小川　淳

発行所　　SBクリエイティブ株式会社
〒106－0032
東京都港区六本木2－4－5
電話　03－5549－1201
　　　03－5549－1167(編集)

装　丁　　AFTERGLOW

印刷・製本　中央精版印刷株式会社

ISBN978-4-8156-1629-8
Printed in Japan

GA 文庫

友達の妹が俺にだけウザい10

著：三河ごーすと　画：トマリ

GA文庫

それは中学時代の物語。明照がまだ“センパイ”ではなく、彩羽がまだ“友達の妹”ですらなかった頃。

「小日向彩羽です。あに、がお世話になってます」

明照、乙馬、そしてウザくなかった頃の彩羽による、青臭い友情とほんのり苦い恋愛感情の入り混じる、切ない青春の1ページ。《5階同盟》誕生のカギを握るのは、JCミュージシャン・橘浅黄と――まさかの元カノ（?）音井さん!?

「ウチのことを“女”にした責任、取ってくれよなー」

塩対応なJC彩羽との予測不可能の過去が待つ！　思い出と始まりのいちゃウザ青春ラブコメ第10弾☆

第15回 GA文庫大賞
GA文庫では10代～20代のライトノベル読者に向けた
魅力あふれるエンターテインメント作品を募集します！
世界を書き換えろ！
イラスト／ファルまろ
大賞賞金300万円＋ガンガンGAにてコミカライズ確約！
◆募集内容◆
広義のエンターテインメント小説（ファンタジー、ラブコメ、学園など）で、日本語で書かれた
未発表のオリジナル作品を募集します。希望者全員に評価シートを送付します。
※入賞作は当社にて刊行いたします。詳しくは募集要項をご確認下さい。
応募の詳細はGA文庫公式ホームページにて
https://ga.sbcr.jp/